작은 아씨들

작은 아씨들

세계문학산책 21
작은 아씨들

지은이 루이자 메이 올컷
옮긴이 [illegible]
펴낸이 안용백
펴낸곳 (주)넥서스

초판 1쇄 인쇄 2013년 3월 25일
초판 1쇄 발행 2013년 4월 1일

출판신고 1992년 4월 3일 제311-2002-2호
121-840 서울시 마포구 서교동 394-2
Tel (02)330-5500 Fax (02)330-5555

ISBN 978-89-6790-139-4 04800

www.nexusbook.com
지식의 숲은 (주)넥서스의 인문교양 브랜드입니다.

세계문학산책 21

루이자 메이 올컷

작은 아씨들

붉은여우 옮김   김욱동 해설

지식의숲

차 례

네 자매의 특별한 크리스마스

눈이 내렸다.

지난밤을 꼬박 새워 내린 눈은 세상을 온통 은빛으로 뒤덮어 버렸다. 그리고 또 눈이었다. 오후가 되자 하늘은 또다시 아기 새의 깃털처럼 고운 함박눈을 아낌없이 뿌리고 있었다.

"어쩌면 저토록 아름다울 수 있을까?"

"한 해 동안 더럽혀진 마음을 눈처럼 깨끗하게 씻어낸 뒤 성탄과 새해를 맞으라는 하느님의 뜻일 거야."

"맞아. 내리는 함박눈을 보는 것만으로도 마음이 순수해지는 것 같거든."

네 자매는 거실 벽난로 앞에 모여 앉아 뜨개질을 하고 있었다. 뜨개바늘과 털실을 쥔 두 손을 쉴 새 없이 움직이면서도 네 자매의 시선은 하나같이 창밖을 향하고 있었다.

"그런데 이번 크리스마스는 너무 시시해!"

"왜 그렇게 생각해?"

"우리 모두 선물 하나 받지 못했잖아!"

뜨개질을 잠시 멈춘 조가 입술을 삐죽 내밀며 뾰로통한 표정을 지었다.

마치 가문의 둘째 딸 조는 올해 열다섯 살로 본래 이름은 조세핀이었다. 긴 갈색 머리에 날씬한 몸매가 매력적인 조는 사내아이들처럼 돌아다니기를 좋아하는 말괄량이였다. 그러나 사감 선생님보다 더 엄격한 고모의 시중을 들면서 용돈을 버는 끈기도 갖고 있었다.

조는 또한 무엇이든 마음에 들지 않은 것이 있으면 그 자리에서 털어놓고 해결해 버리는 적극적인 성격이었다. 그런데 다른 한편으로는 책을 좋아하고 생각이 깊어, 나중에 자라면 작가가 되겠다는 당찬 꿈을 가진 소녀였다.

"요즘 어려워진 집안 사정 알면서, 너답지 않게……."

메그가 나지막한 목소리로 말했다.

첫째 딸 메그는 조보다 한 살이 더 많은 열여섯 살로, 본명은 마가렛이었다. 그녀는 네 자매 중 큰언니답게 엄마를 대신해 동생들을 보살필 만큼 차분한 성격이었다.

메그는 갈색 머리카락에 잘 어울리는 백옥 같은 피부와 커다란 눈을 갖고 있었는데, 거울을 보면서 멋 부리기를 무척 좋아하는 아가씨였다. 하지만 아빠가 친구 때문에 재산을 날린 후 전쟁터로 나가게 되자, 이웃 아이들의 가정 교사 일을 하면서 집안 살림을 돕는 책임의식의 소유자이기도 했다.

"우리도 옛날처럼 가난하지 않았으면 좋겠어. 언니들이 입던 옷을 물려받는 것도 이젠 지겨워. 나도 마음에 드는 옷을 고르는 기쁨을 한 번쯤 느껴보고 싶은데……."

막내 에이미가 풀죽은 목소리로 말했다.

이제 열두 살인 에이미는 그림 그리기를 좋아해 스케치북이 손에서 떨어질 날이 거의 없었다. 네 자매 중에서 가장 예쁘게 생긴 에이미는 윤기 흐르는 금발에 에메랄드빛 눈동자가 매력적인 소녀였다. 하지만, 막내라서 그런지 고집쟁이에 이기주의적인 성향을 보일 때도 있었다.

한편, 에이미는 한창 자라는 나이라서 그런지 언니들보다는 비교적 코가 낮은 편이었다. 그래서 심통이 날 때면 엄마 치맛자락을 붙잡고는 왜 나만 납작코로 낳아 주었느냐며 투정을 부리는 귀염둥이이기도 했다.

"하지만 우리한테는 그 무엇과도 바꿀 수 없는 가족이 있잖

니. 나도 가끔씩 언니들 옷을 물려받지만 속상하다는 생각을 해
본 적이 없어.”

셋째 딸 베스가 타이르듯 말했다.

열세 살인 베스의 본래 이름은 엘리자베스였다.

수줍음이 많은 베스는 남의 일에 참견하는 법이 없었다. 설거
지와 잔심부름을 도맡아 하면서도 짜증 한 번 내지 않는 베스에
게 아빠는 평화의 천사라는 애칭을 붙여 주기도 했다.

지나칠 만큼 내성적인 성격 때문에 친구들과 어울리지 못해
학교를 그만두고 집에서 공부하는 베스는 인형놀이를 좋아했
으며, 음악에 특별한 재능이 있었다. 그래서 틈만 나면 피아노
를 치거나 악보를 보면서 노래를 익히곤 했다.

“우리 모두 아빠를 생각해서라도 너무 속상해하지 말자. 남
자들은 전쟁터에 나가 목숨을 걸고 싸우는 중인데 우리만 크
리스마스를 즐기는 건 옳지 않은 일이라고 엄마도 말씀하셨잖
아.”

큰언니답게 메그가 동생들의 서운한 마음을 다독거려 주었다.

“언니 말이 맞아. 하지만, 난 내 용돈으로 소설책을 사고 싶
어.”

책을 좋아하는 둘째 조가 말했다.

“나는 색연필을 살 테야.”

이번에는 그림을 좋아하는 에이미였다.

"그렇다면 나도 새 악보를 사서 연주해 봐야지."

베스 역시 그동안 모아 놓은 용돈이 조금 남아 있었다.

"그렇다면 우리 모두 용돈을 조금씩 모아 필요한 것을 산 뒤, 서로에게 크리스마스 선물을 하는 건 어떨까? 엄마도 그것까지 반대하지는 않으실 거야."

더 이상 말릴 수 없게 되자, 메그가 입가에 미소를 머금으며 말했다. 사실은 그녀 역시 킹 씨네 집 아이들의 가정 교사를 해 번 돈으로 예쁜 물건을 사고 싶었던 것이다.

모두들 큰언니 메그의 결정에 박수를 쳤다. 하지만 어리광쟁이 막내 에이미의 한마디가 분위기를 또다시 침울함 속으로 빠뜨려 버렸다.

"그렇게 선물을 주고받는다 해도 이번 크리스마스는 무척 쓸쓸할 거야. 아빠가 집에 계시지 않으니까……. 아빠가 너무 보고 싶어!"

미국은 전쟁의 소용돌이 속에 휘말려 있었다.

흑인들을 잡아와 노예로 부리는 것은 옳지 않다는 북부와 부족한 일손을 채우려면 반드시 노예가 필요하다는 남부가 결국 전쟁을 하기에 이르렀기 때문이었다.

소녀들의 아빠는 노예를 해방시켜야 한다는 북군의 종군 목사로 전쟁터로 나가게 되었다. 그래서 네 자매는 오랫동안 아빠를 볼 수 없었고, 크리스마스가 다가오자 아빠의 얼굴을 떠올리며 눈시울을 붉히게 된 것이었다.

"크리스마스 선물 타령은 그만하고, 우리 모두 아빠한테 편지를 쓰는 게 어떻겠니? 우리들이 쓴 편지를 받으면 아빠도 크게 기뻐하실 거야."

큰언니의 제안에 동생들은 마치 약속이나 한 것처럼 좋아했다. 그러는 사이에 벽에 걸려 있는 괘종시계가 여섯 시를 알리는 종소리를 울렸다. 그러자 부지런한 베스가 벌떡 일어나 창고로 가면서 말했다.

"어? 엄마 오실 시간이다!"

그러자 메그는 등잔에 불을 밝혔고, 현관 입구에서 엄마의 실내화를 가져온 조는 벽난로 앞에 서서 신발 바닥을 데우기 시작했다. 엄마가 오시면 따뜻한 실내화를 신게 하기 위해서였다. 그리고 베스는 창고에서 가져온 장작을 불똥이 튀지 않도록 조심스럽게 벽난로에 넣었다.

"엄마 실내화가 너무 낡았네?"

날마다 해 오던 일이었음에도 무심히 지나치곤 했던 조가 엄마 실내화를 새삼스럽게 쳐다보며 말했다. 그러자 베스가 혼잣말처럼 중얼거렸다.

"맞아! 악보를 살 게 아니라 엄마 실내화를 사 드려야지."

그 말을 들은 막내 에이미가 양어깨를 흔들며 어리광 부리듯 입을 열었다.

"싫어, 내가 사 드릴 거란 말야!"

"아빠가 전쟁터로 떠나시면서 나한테 엄마를 잘 돌봐 드려야 한다고 말씀하셨어. 그러니까 엄마 실내화는 내가 사는 게 마땅해!"

선머슴 같은 성격의 조가 단호한 어조로 말했다. 서로 엄마의 실내화를 사겠다며 성화를 부리자 메그가 중재에 나섰다.

"잠깐 내 말 좀 들어 봐. 우리가 갖고 싶었던 것 대신에 엄마를 위한 크리스마스 선물을 사도록 하자. 그러면 서로 다툴 일도 없잖아?"

그렇게 해서 네 자매는 각자 엄마에게 어떤 선물이 가장 어울릴지 생각해 보았다. 메그가 맨 먼저 말했다.

"나는 예쁜 장갑을 사 드릴게."

그다음은 조였다.

"내가 엄마 실내화 담당이니까 실내화는 내 몫이야."

그렇게 해서 베스는 손수건을 준비하고, 막내인 에이미는 향수를 선물하기로 결정했다. 네 자매는 기분이 좋아졌다. 전장에 나가 계신 아빠에게는 편지를, 홀로 남아 모든 것을 책임지고 계시는 엄마에게는 선물을 하기로 했기 때문이었다.

곧 현관문이 열리면서 추위 때문에 얼굴이 파랗게 질린 엄마가 모습을 드러냈다. 네 자매의 시선이 동시에 엄마를 향하며 인사를 건넸다.

"엄마! 바깥 날씨가 많이 춥지요?"

"응, 그래. 너희한테는 재미있는 일이라도 있었던 모양이구나."

엄마는 오래전에 유행되었던 외투와 색깔이 탈색된 모자를 쓰고 있었지만, 전혀 촌스러워 보이지 않았다. 오히려 그런 것들이 엄마의 부드러우면서도 우아한 미소와 어우러져 귀족적인 분위기를 자아내고 있었다.

"오늘은 무슨 일을 하셨어요?"

막내 에이미가 물었다.

"아침부터 전쟁터로 보낼 위문품을 포장하느라 무척 바빴단다."

외투를 벗어 어깨 위에 묻어 있던 눈을 털어낸 엄마는, 둘째 딸 조가 따뜻하게 덥혀 놓은 실내화를 신고 벽난로 앞에 있는 안락의자에 앉았다. 응석받이 막내 에이미가 쪼르르 달려가 엄마의 무릎 위에 앉았다.

아이들의 엄마이자 마치 가문의 안주인인 마치 부인에게 그

시간은 하루가 지나는 일과 중에서 가장 행복한 순간이었다. 엄마가 자리에 앉자 주방으로 들어간 메그가 뜨거운 차를 가져왔다. 차를 한 모금 마신 엄마가 말했다.

"오늘은 엄마가 아주 기쁜 소식을 갖고 왔단다."

엄마의 말이 끝나기가 무섭게 막내가 입을 열었다.

"혹시 아빠한테……?"

그리고 네 자매가 합창하듯 외쳤다.

"아빠한테 편지 온 거 맞지요?"

엄마가 행복한 미소를 지으며 말했다.

"그래, 그렇단다."

저녁을 먹은 후, 엄마와 네 딸은 다시 벽난로 앞에 모여 앉았다. 전쟁터에서 아빠가 보낸 편지를 읽기 위해서였다. 엄마가 나지막한 목소리로 편지를 읽기 시작했다.

아빠의 편지에는 하루를 보내기가 얼마나 힘든지, 또는 수많은 사람이 죽고 죽여야 하는 전쟁터가 얼마나 위험한지에 대한 내용은 단 한마디도 없었다. 오직 네 딸에 대한 걱정과 그리움이 가득한 내용으로만 빼곡하게 채워져 있을 뿐이었다.

아빠의 편지는 이렇게 마무리되고 있었다.

귀여운 나의 네 딸에게 아빠의 사랑을 당신이 대신 전해

주시오.

앞으로 일 년…….

그 시간이 지나면 만날 수 있다는 사실과 함께 말이오.

내 사랑하는 딸들에게 일 년이라는 세월은 무척 길게 느껴지겠지만, 각자 자신에게 주어진 일을 열심히 하다 보면 금세 만날 수 있다는 사실을 현명한 내 딸들은 모두 알고 있을 것이오.

그리고 우리가 다시 만났을 때는 몸과 마음이 지금보다는 훨씬 더 아름다운 작은 아씨들이 되어 있기를 바란다고 말해주시오.

나는 날마다 사랑하는 당신과 딸들을 떠올리며 굳세게 살아가고 있다오.

아빠의 편지를 귀담아 듣고 있던 막내 에이미가 울먹이며 말했다.

"아빠 말씀처럼 나도 앞으로는 어른스러워질 거야. 남을 먼저 생각하는 것은 물론, 쓸데없는 고집이나 어리광도 부리지 않을 거고……."

"나는 그동안 틈만 나면 거울 앞에 서서 멋 낼 궁리를 하곤 했어. 하지만 앞으로는 달라질 거야. 엄마를 도와 집안일도 열심히 하는 언니가 될게."

나날이 소녀에서 아가씨로 변해 가는 큰언니 메그의 말이었다.

둘째 조 역시 다짐을 했다.

"엄마, 나도 앞으로는 사내아이들처럼 덜렁거리면서 돌아다니지 않을게요. 그래서 일 년 후에는 아빠가 놀랄 만큼 멋진 딸이 되어 있을 거예요."

워낙 내성적인 셋째 베스만 아무 말도 하지 않고 있었다. 모두의 시선이 베스에게 향했다. 베스는 어느새 한쪽 구석에 쪼그리고 앉아 눈물을 훔치면서 군인들에게 보낼 양말을 짜고 있었다.

밤새 까맣던 창밖이 희뿌옇게 변하고 있었다. 크리스마스 새벽이 밝아오기 시작한 것이었다.

"어? 벌써 아침이 밝은 거야?"

일찌감치 잠에서 깨어난 조의 시선은 자신도 모르는 사이에 머리맡을 향하고 있었다. 크리스마스 선물을 바라고 있었던 것은 아니었지만, 지난밤 잠잘 때와 똑같은 모습에 적이 실망스러운 마음을 감출 수 없었다.

하지만 조는 더욱 어엿한 숙녀가 되겠다는 아빠와의 약속을 떠올리고는 밤새 흐트러진 침대를 정리하기 위해 베개를 집어

들었다. 그런데 그 밑에 생각지도 않았던 크리스마스 선물이 숨겨져 있었다.

"야호, 크리스마스 선물이다!"

조의 환호 때문에 잠에서 깨어난 네 자매는 선물을 찾아보았다. 제각각 표지 색깔이 다른 성경책이 베개 밑에 감추어져 있었다. 메그는 초록, 조는 빨강, 베스는 파랑, 에이미는 회색 표지 성경책이었다.

"메리 크리스마스!"

네 자매는 서로 크리스마스 인사를 주고받았다. 인사가 끝나자 메그가 입을 열었다.

"엄마는 분명히 우리 네 자매가 성경과 믿음을 통해 언제나 마음의 평화를 간직했으면 하는 마음으로 이 선물을 준비하셨을 거야."

조가 고개를 끄덕이며 말했다.

"언니 말이 맞아. 그러니까 우리 모두 일어나자마자 성경책 한 페이지씩 읽는 건 어떨까?"

"좋아."

네 자매는 곧 성경책을 읽기 시작했다.

그리고 아침 햇살이 조금씩 어른거리기 시작할 무렵, 엄마 몰래 준비한 선물을 드리려고 아래층으로 내려갔다. 그런데 어찌 된 셈인지 엄마는 보이지 않았다.

"아줌마, 메리 크리스마스! 그런데 엄마는 어디에 가셨어요?"

"고맙다. 너희들도 메리 크리스마스!"

한나 아줌마는 네 자매가 태어나기 전부터 마치 가문에 들어와 살면서 부엌일을 맡아 하고 계시는 분이었다. 그래서 아줌마는 한가족이나 같은 사람이었다.

"아침 일찍 누군가가 찾아와서 도움을 청하자 곧장 나가셨단다. 아마 금방 돌아오실 거야. 아무것도 준비하지 않은 채 그냥 나가셨으니까……."

한나 아줌마가 다시 주방으로 들어가자 메그가 말했다.

"그러면 우리는 선물 드릴 쥬비를 하자."

네 소녀는 각자 준비한 선물을 꺼내 들었다. 바로 그때 현관문 소리와 함께 엄마가 들어오는 기척이 들렸다. 그러자 조가 얼른 선물 바구니를 등 뒤로 감추었다.

"엄마, 메리 크리스마스! 선물 감사드려요."

"내 딸들 모두 메리 크리스마스!"

메그가 물었다.

"그런데 아침 일찍부터 어딜 다녀오시는 길이세요?"

"응, 하멜 부인댁에 다녀오는 길이란다. 하멜 부인은 아이가 일곱이나 되는데, 아파서 누워 있다지 뭐니. 그래서 서둘러 가 봤더니 글쎄, 땔감은 물론 먹을 것조차 없어 추위에 떨면서 굶주리고 있더구나.”

“아, 불쌍해서 어떻게 해?”

평소에 말이 없던 셋째 베스가 울상을 지으며 말했다. 그러자 엄마가 딸들에게 물었다.

“그래서 하는 말인데 얘들아, 오늘 아침 식사를 그 아이들에게 크리스마스 선물로 주는 건 어떨까?”

엄마의 물음에 네 소녀가 합창하듯 대답했다.

“좋아요, 엄마! 우리는 괜찮아요.”

남을 먼저 배려하기로 약속한 막내 에이미는 자신이 제일 좋아하는 건포도 빵과 크림을 불쌍한 아이들에게 주겠다고 했다. 그 사이에 큰언니 메그는 파이와 토스트 빵을 바구니에 담았다.

“고맙다, 내 딸들아! 우리는 하멜 부인댁에 다녀와서 빵과 우유로 아침을 대신하자꾸나. 그 대신 저녁에는 엄마가 맛있는 음식을 만들어 줄게.”

엄마와 한나 아줌마, 그리고 네 소녀는 하멜 부인댁으로 갔다. 골목 뒤편에 있는 좁은 방에서 일곱 아이와 함께 살고 있는 하멜 부인과 아이들이 처한 상황은 비참하기 이를 데 없었다.

땔감이 없어 가뜩이나 차가워진 방안 공기는 깨진 유리창 사이로 들어온 바깥바람 때문에 더욱 추울 수밖에 없었고, 아이들은 담요 한 장을 뒤집어쓴 채 부들부들 떨고 있었다.

배가 고픈지 계속해서 울어대는 갓난아이를 어르고 있던 하멜 부인은 마치 가문의 가족들을 보고는 눈물을 흘렸다.

"마치 하늘에서 내려온 천사들 같군요. 감사합니다."

땔감을 잔뜩 안고 온 한나 아줌마가 벽난로에 불을 지폈다. 그러자 방 안 공기는 금세 훈훈해지기 시작했다. 그동안 엄마는 하멜 부인에게 따뜻한 미음과 차를 끓여 주었고, 네 딸은 집에서 가져온 음식을 아이들에게 나누어 먹였다.

거의 점심때가 다 되어서야 집으로 돌아온 네 자매는 우유와 빵 한 조각으로 크리스마스 아침 식사를 대신했다. 그렇지만 그 누구도 짜증을 내거나 투덜거리지 않았다. 그 어느 크리스마스 때보다 마음이 따뜻해졌기 때문이었다.

"우리 모두 엄마를 따라나서길 잘한 거 같아."

네 소녀는 벽난로 앞에 모여앉아 가슴이 아릴 만큼 불쌍해 보였던 아이들에 대한 이야기를 나누었다. 그리고 엄마가 하멜 부인댁 아이들에게 입힐 만한 옷가지를 챙기는 동안, 미리 준비해 놓았던 크리스마스 선물을 가져왔다.

"메리 크리스마스! 엄마, 저희들의 작은 정성이랍니다."

엄마가 방안에서 나오자 네 딸이 한목소리로 외쳤다. 곧 베스

는 아름다운 선율의 음악을 연주했고, 에이미는 엄마를 탁자 앞
으로 안내했다.

"세상에! 이게 다 뭐라니?"

엄마는 딸들이 준비한 선물을 보고는 어쩔 줄 몰라 했다. 메
그의 장갑과 조의 실내화를 마치 소중한 보물이라도 되는 양 가
슴에 안고는 베스의 손수건에 에이미의 향수 한 방울을 조심스
럽게 떨어뜨렸다.

"사랑하는 내 딸들아, 너희들과 함께여서 난 정말 행복하구
나."

엄마 입가에 부드러운 미소가 넘실거렸다. 전쟁터로 떠나는
아빠를 배웅한 이후 가장 행복해 보이는 모습이었다.

새해가 되고 나서 처음으로 맞이한 일요일이었다.

오전까지만 해도 화창하던 하늘이 갑자기 어두워지는가 싶
더니, 점심때가 지나면서 눈앞을 분간할 수 없을 만큼 함박눈이
쏟아졌다. 그리고 한참이 지나 눈발이 가늘어질 무렵이었다.

"어? 이제 눈이 그쳤나?"

오후 내내 책을 읽고 있던 조가 고개를 들어 창밖을 내다보
더니 혼잣말처럼 중얼거렸다. 그리고 잠시 후, 망토에 모자까지
눌러쓴 조가 넉가래와 빗자루를 챙겨 들고는 마당으로 향했다.

그 모습을 본 메그가 조를 불러 세웠다.

"조, 너 앞으로 선머슴 같은 짓은 하지 않기로 했잖니?"

그러자 조가 퉁명스럽게 대답했다.

"답답해서 바람도 쐴 겸, 운동 좀 하려고 그러는 거야."

"이 추운 날씨에 바람은 무슨 바람이야? 그러다 감기 걸릴라."

"에이, 언니! 누군가는 마당에 쌓인 눈을 치워야 하잖아? 그리고 감기는 언니처럼 틈만 나면 벽난로 앞에 쭈그리고 앉아 있기를 좋아하는 사람들이나 걸리는 거라고!"

마당으로 나온 조는 종아리까지 쌓인 눈을 넉가래로 밀어내기 시작했다. 눈이 워낙 많이 내려 힘이 드는지, 하얀 입김을 연신 뿜어대는 조의 양 볼이 발갛게 달아올랐다.

한참 동안 눈을 치우던 조의 시선이 우연히 옆집으로 향했다. 어깨 높이의 담 하나를 사이에 두고 있는 두 집이었지만, 그 규모나 모양새의 차이는 비교할 수 없을 정도로 엄청났다.

마치 가문의 가족들이 살고 있는 집은 평범하면서도 오래된 낡은 주택이었다. 하지만 말을 붙이는 것조차 두려울 만큼 무섭게 생긴 로렌스 할아버지와 손자 로리가 살고 있는 집은 아름다운 정원에 온실까지 갖추어진 대저택이었다.

손만 뻗으면 닿을 수 있을 만큼 가까이 살고 있으면서도 조가 로리를 본 것은 딱 한 번이었다. 오래전 파티에서 한 번 마주친 이후로는 볼 수가 없었던 것이다.

"그 로리라는 남자아이는 잘 지내고 있을까?"

저택에 시선을 고정시킨 채 조가 혼잣말을 중얼거리고 있을 때, 2층 창가에 서서 쓸쓸한 표정으로 밖을 내다보고 있는 로리가 보였다.

'엄청나게 큰 집에 살고는 있지만 저 아이는 너무 외로워 보여. 할아버지랑 둘이만 살아서 그런가?'

말괄량이 기질을 숨기지 못한 조는 눈을 뭉친 다음 로리가 서 있는 창문을 향해 힘껏 던졌다. 느닷없이 날아온 눈덩이가 유리창에 맞아 부서지자 화들짝 놀란 로리가 창문을 열어 주변을 둘러보며 말했다.

"깜짝이야!"

조가 인사를 건넸다.

"잘 지냈니? 로리!"

로리가 수줍은 듯 작은 목소리로 말했다.

"어? 넌 조 아니야?"

"그래, 맞아. 그런데 너 어디 아픈 거 아니니?"

"응, 감기 걸렸다가 이제 거의 나았어. 하지만, 의사 선생님 말씀으로는 앞으로도 일주일 동안은 집안에만 있어야 한대."

조는 할아버지와 단둘이 살고 있다는 로리가 갑자기 불쌍하다는 생각이 들었다. 부모님은 물론 자매들과 함께 살고 있는 조는 아직껏 외롭다는 생각을 한 번도 해본 적이 없었기 때문이었다.

"문병 오는 친구들은 없어?"

"그런 친구들이 있으면 좋겠다는 생각만 하고 있어."

"함께 공부를 하거나 놀 수 있는 친구는?"

"마찬가지야. 난 늘 혼자인걸."

"그래? 그렇다면 내가 친구 해 줄까?"

자신도 모르게 말을 뱉어 버린 조는 순간적으로 아차 싶었다. 남자아이처럼 덜렁거리는 짓을 하지 않기로 약속을 해 놓고 또 일을 저질러 버렸기 때문이었다. 하지만 로리의 얼굴은 금세 환하게 변해 있었다.

"그럼 우리 집에 놀러 와 줄 수 있단 말이니?"

"그럴게. 엄마한테 말씀드리고 나서 금방 갈게."

마당에 쌓인 눈을 다 치운 조는 집안으로 들어가 엄마한테 옆집 사는 로리에게 다녀오겠다고 말씀드렸다. 엄마는 느닷없는 옆집 얘기에 잠시 의아한 표정을 지었지만, 이내 고개를 끄덕이셨다.

로리는 난생처음 맞이하는 친구에게 더 좋은 인상을 심어 주기 위해 머리를 빗고 옷을 갈아입은 다음 방을 치우기 시작했다. 하지만 어지럽혀진 방을 절반도 치우기 전에 초인종 소리가 들려 왔다.

"조! 이렇게 와 줘서 고마워."

부리나케 현관으로 달려 나간 로리가 문을 열어 주었다.

"천만에. 초대해 줘서 고마워, 로리."

한손에는 보자기에 싼 쟁반을, 다른 한손에는 고양이 세 마리가 든 바구니를 든 조가 로리네 집 안으로 들어섰다. 저택 내부는 조가 예상했던 것보다 훨씬 더 웅장하고 화려했다.

"그런데 뭘 가지고 온 거야?"

로리가 보자기를 가리키며 물었다.

"아 참, 이건 메그 언니가 만든 과자야. 우리 엄마가 이 과자 먹고 힘내서 당장 감기 떨쳐 버리래. 그리고 이 고양이들은 셋째 베스가 보낸 거야. 우린 식구가 많지만 너는 혼자라 심심할 것 같다면서……."

로리는 감사한 마음에 콧잔등이 시큰해졌다. 아직껏 제대로 인사도 못했지만, 이웃의 따뜻한 마음씨가 고스란히 전해져 왔기 때문이었다. 로리는 2층에 있는 자신의 방으로 조를 데려 갔다.

"여기가 내 방인데, 무척 지저분하지?"

마음에 없는 말을 하지 못하는 조가 대답했다.

"응, 아주 많이……. 하지만 내가 금방 깔끔하게 정돈해 줄게."

말을 마친 조는 한동안 방안을 둘러보았다. 그러더니 순식간에 방안을 완벽하게 정리해 버렸다. 흐트러진 벽난로 위의 장식품이며, 아무렇게나 꽂혀 있던 책꽂이의 책에 이르기까지 모든 것이 제자리를 찾은 것이었다.

"우와! 뭐라고 할 말이 없다."

"뭐가?"

"금방 내 방에 마술사가 다녀간 것 같아. 이건 완전히 다른 방이야!"

로리는 남자인 자신보다 더 적극적이면서, 매사에 거리낌없이 보이는 조의 활달한 성격이 한없이 부러웠다. 잠시 후, 두 사람은 벽난로 앞 탁자에 앉았고, 조가 자신의 가족들에 대해 이야기를 해 주었다.

"우리 아빠는 원래 목사인데, 지금은 군대에서 군인들을 위해 목회를 하고 계셔. 그래서 집에는 엄마와 한나 아줌마, 그리고 네 자매가 살고 있어. 첫째는 메그 언니, 둘째가 나, 셋째는 베스, 그리고 막내가 에이미란다."

이번에는 로리가 말했다.

"내가 설명해 볼게. 숙녀처럼 우아하게 걷는 사람이 메그 언니고, 말이 별로 없는 데다가 뺨이 복숭아처럼 발간 아이가 베스, 그리고 파란 눈에 곱슬머리 금발이 막내 에이미잖아. 그렇지?"

"어? 어떻게 우리 자매들을 다 알고 있니?"

"창문을 열고 있으면 너희 가족들의 목소리가 다 들려. 내 방 창에서 보면 너희 집 마당이 바로 내려다보이잖아."

"아, 그랬었구나."

조는 갑자기 창피해졌다. 그동안 마당에 나와 가장 큰 소리로 떠들어댄 사람이 누구인지 로리가 다 알고 있을 것이라는 생각이 들었기 때문이었다.

이번에는 로리가 가족 얘기를 꺼냈다.

"나는 할아버지랑 단둘이 살고 있어. 부모님이 안 계시거든."

로리의 눈가에 이슬이 맺히자 조가 재빨리 화제를 바꾸었다. 그래서 자신은 책 읽기를 좋아하는데, 나중에 자라면 훌륭한 작가가 되고 싶다고 말했다.

"책을 좋아한다고?"

"응."

"그러면 우리 할아버지 서재를 구경시켜 줄까?"

"좋아!"

로리가 조를 데리고 할아버지 서재로 갔다. 집이 워낙 넓은 탓에 서재로 가는 동안 여러 개의 방을 지나쳤다. 그런데 방마다 고급스러운 가구들이 놓여 있었고, 복도 중간 중간에는 아름다운 그림들이 걸려 있었다.

"우와! 이렇게 많은 책을 한꺼번에 보는 건 처음이야!"

출입문을 제외한 모든 벽에는 책꽂이가 세워져 있었고, 그 많은 책꽂이 칸들은 여러 가지 책들로 빼곡하게 채워져 있었다. 어떤 내용을 담고 있는지 알 수는 없었지만, 기회만 된다면 조는 그 책을 다 읽고 싶다는 욕심이 생겼다.

조가 그렇게 감탄하고 있을 때 초인종 소리가 들렸다.

"어떡하지? 너희 할아버지 오셨나 봐."

"걱정하지 마. 할아버지도 틀림없이 널 좋아하실 거야."

조는 마음이 편치 않았다. 주인도 없는 서재에 들어와 마음대로 구경을 하는 것이 옳은 일은 아니라는 생각이 들었기 때문이었다. 그런데 돌아온 로리가 초인종을 누른 사람은 할아버지가 아닌 의사였다고 말해 주었다.

"나 잠시 진찰 좀 받고 올게."

"그래. 난 여기서 책 구경 좀 더 하고 싶어."

로리가 다시 나가자 조는 계속 책들을 살펴보기 시작했다. 그러다 벽에 걸린 로렌스 할아버지의 초상화를 보게 되었다. 조가 그 초상화를 유심히 바라보고 있을 때 출입문 열리는 소리가 들려왔다. 조는 뒤도 돌아보지 않은 채 큰 소리로 말했다.

"너희 할아버지는 고집이 조금 세신 분인 것 같아. 입술을 꼭 다물고 계시는 저 그림으로 봤을 때는 말야. 하지만, 인자하신 분임이 틀림없어. 눈빛이 그걸 말해 주고 있거든. 그리고 로리, 미안한 얘기지만 돌아가신 우리 할아버지보다는 조금 못생기셨어. 하지만 난 너희 할아버지랑 금세 친해질 것 같은데……."

바로 그때 등 뒤에서 걸걸한 목소리가 들렸다.

"예쁜 우리 꼬마 아가씨가 할아버지를 그렇게 봐 주니 고맙네."

깜짝 놀란 조가 뒤를 돌아보았다. 문 앞에는 로리가 아닌 로렌스 할아버지가 서 있었다.

"죄송합니다, 할아버지! 전 로리가 돌아온 줄 알고……."

얼굴이 빨개진 조가 어찌할 바를 몰라 했다.

"금세 친해질 수 있다는 말은, 넌 내가 무섭지 않다는 뜻인데……."

"네, 무섭지는 않아요."

"꼬마 아가씨의 할아버지보다 내가 더 못생겼다고?"

"네, 제 생각에는 그래요. 다른 사람들은 어떨지 모르겠지만……."

아무리 곤란한 상황이라 할지라도 거짓말을 하고 싶은 생각이 없었던 조가 한층 작은 목소리로 말했다. 그러자 로렌스 할아버지가 큰 소리로 웃으며 조의 어깨를 가볍게 다독이며 말했다.

"허허, 넌 네 할아버지의 강직한 성격을 그대로 물려받은 모양이구나. 돌아가신 너희 할아버지는 아주 멋진 분이셨지. 젊은 시절, 나하고는 아주 친한 친구였단다."

"어머! 그게 정말이세요?"

조는 돌아가신 할아버지가 살아오신 것처럼 반가웠다.

"네 이름이 뭐냐?"

"조세핀이에요. 그런데 그냥 조라고 부르시면 돼요. 로리가 혼자 있는 것 같아서 말동무가 되어 주려고 왔답니다."

"그래, 조. 정말 고맙구나. 앞으로도 로리랑 친하게 지냈으면 좋겠다. 나도 조만간 너희 집에 한번 들르마."

"네."

"그럼 우리 아래층에 내려가서 로리와 함께 차라도 한 잔 마실까?"

"네, 로렌스 할아버지."

로렌스 할아버지의 팔짱을 낀 조는 사뿐한 걸음으로 계단을 내려왔다. 진찰을 마치고 서둘러 층계를 뛰어 올라오던 로리가 그 모습을 보고는 벌어진 입을 다물지 못했다. 항상 굳게 다물어져 있던 할아버지의 입가에 환한 미소가 번지고 있었기 때문이었다.

"하, 할아버지! 도대체 이게……."

더 이상 말을 잇지 못하는 로리를 보며 로렌스 할아버지가 말했다.

"왜, 놀랐니? 조는 네 친구만 되는 것이 아니라 내 친구이기도 하거든."

거실에 마주 앉은 세 사람은 여러 가지 이야기를 나누었다. 한참을 웃고 떠드는 가운데, 조는 거실 한편에 자리 잡은 그랜드 피아노를 보았다.

"너, 피아노도 칠 줄 알아?"

조가 로리에게 물었다.

"응, 아주 잘 치지는 못하지만……."

로리가 자신 없다는 듯 대답했지만 조는 기어코 연주를 부탁했다.

"난 피아노를 모르지만 베스가 잘 친단 말야. 그러니까 한 곡만 연주해 봐. 집에 가서 베스한테 자랑하고 싶거든."

로리는 하는 수 없이 피아노 앞으로 다가가 자리를 잡더니 연주를 하기 시작했다. 그런데 머뭇거리던 태도와는 달리 로리의 피아노 연주 솜씨는 대단히 훌륭했다.

"우와, 멋진데! 깜짝 놀랄 만큼 훌륭한 연주였어!"

그런데 로리가 피아노를 치는 동안 로렌스 할아버지의 표정은 무척 굳어져 있었다. 조금 전까지만 해도 더없이 인자한 웃음을 보이시던 분이 왜 갑자기 침울해졌는지, 조는 도무지 이해가 되지 않았다.

한나절 만에 집으로 돌아온 조는 가족들 모두에게 로리네 집에서 있었던 일을 빠짐없이 이야기해 주었다. 그러고 나서 엄마한테 물었다.

"엄마, 로렌스 할아버지가 왜 갑자기 우울해지셨을까요? 로리가 피아노를 치기 전까지만 해도 밝고 유쾌하셨는데 말이에요."

그러자 엄마가 설명해 주었다.

"그건 아마도 로리 엄마 생각이 나서 그러셨을 거야. 로리 아버지는 집안 어른들의 반대에도 불구하고 이탈리아 출신의 한 음악가와 결혼을 하게 되었단다. 그분이 바로 로리의 어머니였지. 그래서 화가 난 로렌스 할아버지는 오랜 세월 동안 아들과 며느리를 만나 주지 않았어. 그런데 로리의 누나였던 손녀가 어린 나이에 세상을 떠나 버렸고, 얼마 후에는 로리 부모님마저 잃게 되었지. 그래서 갑자기 고아가 되어 버린 로리를 데려와 함께 살고 계시는 거야. 로렌스 할아버지는 손자가 피아노를 치자 살아 있을 때 따뜻하게 대해 주지 못한 며느리, 그러니까 로리 엄마가 떠올랐을 거야. 그래서 침울해지지 않았을까 하는 생각이 드는구나."

엄마의 이야기를 들은 네 자매는 로리가 불쌍하다는 생각이 들었다.

"로리가 너무 불쌍해요, 엄마."

"대저택에서 산다고 마음까지 행복한 건 아니구나."

그날 이후, 네 자매는 로리와 친하게 지내게 되었다. 중간에서 조가 온갖 노력을 기울여 네 소녀와 숫기없는 로리가 친구로 맺어진 것이었다.

그랜드 피아노를 선물 받은 베스

맨 처음 만났을 때 조에게 약속했던 것처럼, 얼마 지나지 않아 로렌스 할아버지가 네 자매이 집을 방문 했다. 엄마와 함께 나란히 선 네 소녀는 반가운 마음으로 할아버지를 맞이했다.

"어서 오세요! 로렌스 할아버지."

네 자매의 뜨거운 환영에 로렌스 할아버지가 환한 미소와 함께 대답했다.

"응, 그래. 네 명의 작은 아씨들을 보니 힘이 다 나는걸!"

엄마 역시 허리를 숙여 인사를 했다.

"어서 오십시오. 한번 뵙고 싶었습니다."

로렌스 할아버지도 역시 예의를 갖추어 인사를 한 뒤 말했다.

"정말 오랜만에 이 집에 다시 오게 되었습니다. 오래전, 아이들 할아버지가 살아 계실 때는 형제처럼 지내며 서로의 집을 오가곤 했지요."

주방으로 들어간 엄마가 향기로운 차와 과자를 내 왔다. 그리고 네 자매는 로렌스 할아버지가 들려 주시는 젊었을 적 이야기를 재미있게 들었다. 로렌스 할아버지가 무서워 아직까지 로리네 집에 가 보지도 못했던 베스 역시 한쪽 구석에서 할아버지의 얘기에 귀를 기울이고 있었다.

이미 베스에 대한 이야기를 조에게 들어 알고 있었던 로렌스 할아버지가 지나가는 말처럼 피아노 얘기를 꺼냈다.

"마치 부인, 어찌 된 셈인지 로리가 요새 들어 피아노를 치지 않고 있답니다. 나는 피아노 연주를 그다지 좋아하지 않은 편이라서 괜찮지만, 너무 오랫동안 피아노를 치지 않으면 고장이라도 날까 봐 걱정되네요."

"아, 그러세요?"

"그래서 드리는 말씀인데, 혹시 우리 귀여운 아씨들 중에서 누군가가 피아노를 좋아한다면, 저희 집에 가끔씩 와서 연주해 주면 좋겠다는 생각이 드네요."

할아버지의 말이 끝나자 수줍음 많은 베스는 가슴이 두근거리기 시작했다. 아주 오래전부터 그랜드 피아노를 한 번 연주해 보는 게 소원이었던 까닭이었다. 그래서 용기를 낸 베스가 불쑥 말했다.

"로렌스 할아버지. 그거 제가 하면 안 될까요?"

로렌스 할아버지가 짐짓 깜짝 놀라는 척하며 말했다.

"베스가 피아노 연주를 해 주겠다고? 음, 네 이름이 베스라고 했지? 너처럼 예쁜 아가씨가 연주해 준다면 얼마나 좋겠니. 이 할아버지는 대찬성이다. 그러니 언제든 우리 집에 오도록 해라."

베스는 하늘을 나는 것 같은 기분이 되었다. 그래서 로렌스 할아버지 품에 와락 안겨 감사한 마음을 전하고 싶었지만, 너무나 부끄러워 차마 그럴 수는 없었다. 하지만 로렌스 할아버지가 무섭다는 생각은 단번에 없어지고 말았다.

"감사합니다, 로렌스 할아버지!"

할아버지가 흐뭇한 미소를 머금으며 베스의 머리를 쓰다듬어 주었다.

이튿날부터 베스는 로리 집을 드나들며 피아노를 치기 시작했다. 로리네 그랜드 피아노에서 울려 퍼지는 아름다운 소리는 집에 있는 낡은 피아노와 비교할 수 없을 정도였다.

그러던 어느 날, 베스가 말했다.

"엄마! 제가 로렌스 할아버지께서 신을 실내화를 한 켤레 만들어 드리고 싶은데, 혹시 실례가 되는 일은 아닐까요?"

엄마가 물었다.

"우리 베스가 그랜드 피아노를 칠 수 있게 해 주신 할아버지께 감사의 표시를 하고 싶은 모양이구나. 그렇지?"

"네, 맞아요."

"베스가 좋은 생각을 했구나. 사람은 모름지기 은혜에 감사하는 마음을 잊지 않아야 하는 거야. 엄마가 당장 재료를 사다 줄게."

그날 밤부터 베스는 로렌스 할아버지의 실내화를 만들기 시작했다. 물론 언니들의 도움을 조금 받기는 했지만, 거의 모든 일을 혼자 힘으로 해냈다. 그래서 사흘 만에 초록색 바탕에 자주색 제비꽃을 수놓은 멋진 실내화를 완성할 수 있었다.

실내화와 짧은 편지를 포장한 베스는 선물 상자를 로렌스 할아버지 서재에 놓아두고는 뒤도 돌아보지 않고 집으로 달려왔다. 집으로 돌아온 후에도 부끄러운 생각 때문에 한동안 얼굴이 발갛게 달아올라 있었다.

그런데 어찌 된 셈인지 로렌스 할아버지에게 답장이 오지 않았다. 로리에게 선물을 잘 받았다는 얘기조차 전해 들을 수 없었다. 베스는 속이 상했다. 정성을 다해 만들었지만, 할아버지는 그 실내화가 마음에 들지 않은 것이라고 생각한 것이었다.

그리고 사흘이 흐른 어느 날이었다. 엄마 심부름을 마치고 마당에 들어서는데 두 언니가 2층 창문 앞에 서서 빨리 들어오라고 손짓을 하는 것이었다.

"왜 그러는 거야?"

베스가 마당에 선 채로 2층을 올려다보며 물었다.

"로렌스 할아버지가 답장을 보내셨어."

"그게 정말이야?"

베스는 그제야 마음이 놓였다. 적어도 할아버지가 그 실내화를 버리지는 않았겠구나 하는 생각이 들었기 때문이었다. 베스는 두근거리는 가슴을 애써 진정시키며 집안으로 들어갔다.

"편지 어디 있어?"

베스의 물음에 메그 언니가 대답했다.

"베스야, 저길 봐!"

베스의 시선이 메그 언니의 손가락이 가리키는 곳으로 향했다.

"아니, 저건? 언니, 이게 어떻게 된 일이야?"

베스는 정신을 차릴 수 없었다.

메그의 손끝이 가리키는 거실 한쪽에 자신이 그토록 갖고 싶어 했던 그랜드 피아노가 자리 잡고 있었기 때문이었다. 베스는 떨리는 걸음으로 피아노 앞으로 다가갔다. 피아노 위에는 '엘리자베스 마치 양에게'이라고 쓰인 편지가 놓여 있었다.

베스는 너무나 떨려 그 편지를 읽을 수가 없었다.

"언니! 언니가 대신 읽어 줄래? 난 손이 떨려서 편지를 집을 수도 없어!"

옆에 서 있던 조가 대답했다.

"그래, 알았어. 내가 읽어 줄게."

잠시 후, 봉투를 집어든 조가 차분한 목소리로 편지를 읽기 시작했다.

내 귀여운 친구 베스야.

네가 보내 준 실내화 잘 받았다.

할아버지는 지금까지 수많은 실내화를 신어 보았지.

하지만 네가 만들어 보내 준 실내화만큼 예쁘고 편한 건 아직껏 없었어.

게다가 실내화에 내가 제일 좋아하는 제비꽃이 수놓아져 있어서 더욱 기뻤단다.

정말로 고맙다.

너의 그 아름다운 마음에 대한 보답으로, 지금은 하늘나라 천사가 된 내 손녀의 피아노를 보낸다.

네가 연주하는 피아노 소리에 하늘에 있는 내 손녀도 행복해 할 거라 믿는다.

모쪼록 그 피아노가 네 마음에 들었으면 좋겠구나.

베스의 나이 많은 친구 제임스 로렌스가

로렌스 할아버지가 보낸 편지를 들고 있던 베스가 흘러내리는 눈물을 훔쳤다. 분위기가 너무 숙연해지자 조가 큰 소리로 외쳤다.

"우리 베스가 정말 대단한 선물을 받았어! 로리가 하는 말이 로렌스 할아버지는 평소에 손녀딸의 유품을 무척 아낀다고 했는데, 네가 그 귀한 것을 받은 거야."

그러고는 베스의 등을 떠밀며 말을 이었다.

"베스, 얼른 할아버지께 가서 감사의 인사를 드려야지?"

"응, 그럴게."

눈물을 닦은 베스가 로리네 집으로 달려갔다. 그리고 곧장 로렌스 할아버지가 있는 2층 서재로 올라가 문을 똑똑 두드렸다.

"들어오너라, 로리."

베스가 온 것을 모르는 할아버지는 손자인 로리가 노크를 한 것으로 생각한 모양이었다. 베스는 조심스럽게 문을 열고 서재 안으로 들어갔다.

"할아버지, 정말 감사합니다!"

베스는 자신도 모르는 사이에 로렌스 할아버지 품으로 와락 달려들었다. 그리고 할아버지 뺨에 입을 맞추었다. 로렌스 할아버지는 깜짝 놀랐다. 지금까지 여러 번 자신의 집에 와서 피아노를 연주한 베스였지만, 대화를 나눈 적이 한 번도 없을 만큼 수줍음을 많이 타는 아이였기 때문이었다.

"그렇게 좋으니?"

"예, 할아버지!"

베스를 끌어안은 로렌스 할아버지는 문득 저세상으로 떠난 손녀딸이 돌아온 것만 같았다. 두 사람은 그 뒤로도 한참 동안 이야기를 나누었다. 그리고 베스가 돌아갈 때 로렌스 할아버지는 정원을 지나 대문까지 배웅해 주었다.

한편, 창가에 서서 베스를 기다리던 마치 가의 가족들은 누구나 할 것 없이 자신의 눈을 믿지 못할 만큼 엄청난 충격을 받았다.

"세상에! 어쩌면 저럴 수가?"

옆집 저택 정원을 가로지르고 있는 베스가 로렌스 할아버지의 팔에 매달려 뭔가를 쉴 새 없이 떠들어대고 있었기 때문이었다.

"저 아이가 우리 집 셋째 딸 베스 맞아?"

"어쩌면 내일은 해가 서쪽에서 뜰지도 몰라!"

환한 미소와 함께 끊임없이 종알거리고 있는 베스는 분명 한 시간 전의 수줍음 많은 그 베스가 아니었다. 그 모습을 본 엄마의 입가에 엷은 미소가 피어났다. 베스를 제외한 세 자매 역시 크나큰 놀라움 속에 함박웃음을 짓고 있었다.

쌀쌀한 날씨가 연일 이어지는 가운데 토요일 오후가 되었다. 메그와 조가 외출 준비에 한창일 때 에이미가 방으로 들어와 커다란 두 눈을 깜박이며 물었다.

"조 언니! 큰언니랑 어디 가는 거야?"

막내 에이미의 말릴 수 없는 고집과 응석에 수없이 당했던 조가 유난히 퉁명스러운 목소리로 대답했다. 로리의 초대로 연극 '일곱 개의 성'을 보러 가는데 막내까지 데려갈 수는 없었기 때문이었다.

"넌 알 거 없어! 우리끼리 갈 데가 있으니까……."

"어딜 가는지는 모르지만, 나도 따라가면 안 돼?"

에이미의 전매특허인 응석이 시작되고 있었다. 그것을 알고 있는 메그가 부드러운 목소리로 다독였다.

"에이미, 미안하지만 언니들끼리 갈 데가 있어서 그래. 그러니까 오늘은 베스하고 놀고 있어. 알았지?"

하지만 에이미도 물러서지 않았다.

“나도 언니들이랑 같이 가고 싶어. 나도 데려가란 말야!”

에이미의 어리광에 또 당하겠다 싶어 화가 난 조가 소리를 질렀다.

“안 된다는데 왜 자꾸 보채고 그래? 갓난애처럼…….”

조의 말에 에이미 역시 화가 울컥 치밀어 올랐다. ‘갓난애’라는 단어는 에이미가 가장 듣기 싫어하는 말이었기 때문이었다.

“뭐라고? 언니 지금 나보고 갓난애라고 했지?”

“너 같은 응석받이가 갓난애가 아니면 뭐겠냐? 그러니까 그런 소리 듣기 싫으면 제발 칭얼거리지 좀 마. 귀찮아 죽겠어, 정말!”

“조 언니, 어쩜……!”

에이미는 눈물이 그렁그렁한 눈으로 조를 날카롭게 째려보았다. 바로 그때 마당에서 로리의 목소리가 들려왔다. 메그와 조는 구세주를 만난 듯 재빨리 밖으로 나가 버렸다.

‘머지않아 크게 후회할 날이 있을걸!’

에이미는 언니들이 나간 현관문을 노려보았다.

한편, 메그와 조는 로리와 함께 연극을 보고 있었다. 연극 ‘일곱 개의 성’은 예상했던 것보다 훨씬 더 재미있었다. 하지만 조는 억지로 떼어 놓고 온 에이미가 자꾸만 마음에 걸렸다.

“언니, 설마 에이미가 무슨 일을 벌이지는 않겠지?”

조의 걱정에 메그가 안심을 시켜 주었다.

"별일 없을 거야. 에이미도 요즘 많이 달라졌잖니."

하지만 조는 연극이 끝날 때까지 바늘방석에 앉아 있는 것 같은 기분이었다. 편치 않은 마음으로 집에 돌아와 보니 에이미는 여전히 콧바람을 씩씩거리며 거실 구석에 쪼그리고 앉아 책을 읽고 있었다.

"연극 재밌었어?"

평소 같으면 에이미가 했을 말이었다. 그런데 이번에는 에이미 대신 베스가 연극 이야기를 해 달라고 했다. 뭔가 불길한 예감에 사로잡힌 조는 재빨리 2층 방으로 올라가 보았다. 그런데 아무런 이상이 없었다.

'순순히 포기할 에이미가 아닌데……?'

조는 고개를 갸웃거렸다. 얼마 전에는 에이미가 갓난애라는 말을 들었다는 이유로 옷장을 완전히 뒤집어 놓은 적이 있었기 때문이었다.

그리고 하루가 꼬박 지난 다음 날 오후였다.

여느 때처럼 네 자매는 벽난로 앞에 모여 앉아 뜨개질을 하고 있었다. 그런데 잠시 2층 침실에 올라갔던 조가 갑자기 소리를 지르며 뛰어 내려왔다.

"내 원고! 내 원고 누가 치웠어?"

"원고가 없어졌어?"

아무것도 모르는 메그와 베스가 씩씩거리는 조를 쳐다보며 물었다. 오직 에이미만 아무 말도 듣지 않은 사람처럼 타오르는 벽난로 불꽃에 시선을 고정시키고 있었다.

"에이미, 바른 대로 말해!"

흥분한 조가 에이미를 다그쳤다.

"가만히 있는 나한테 왜 그래?"

"네가 원고를 숨겨 놓았잖아!"

눈동자가 벌겋게 충혈된 조가 에이미의 어깨를 잡아 흔들며 부르짖었다. 너무나 흥분한 조의 행동에 당황한 에이미가 애써 태연한 척하며 말했다.

"그깟 원고가 뭐 그리 대단하다고 이 난리야?"

"뭐? 그깟 원고?"

"그래! 그렇게 중요하다면 어디 한번 찾아보시지 그래? 저기 벽난로 속에서 말야!"

에이미의 말을 들은 가족들은 할 말을 잃고 말았다. 그러니까 조의 원고는 이미 하루 전에 벽난로 속으로 던져져 재가 되어 버렸다는 얘기였다.

"오, 하느님! 세상에 어쩌면 이럴 수가!"

그 원고 속에는 조가 몇 년 전부터 써온 동화 여섯 편이 들어 있었다. 조는 일 년 후 아빠가 돌아오시면 보여 드리기 위해 그 동화들을 다시 정리하고 있었던 것이다.

"에이미! 난 죽을 때까지 널 용서하지 않을 거야!"

조는 그 말을 마지막으로 2층으로 뛰어 올라가 한없이 울었다. 여섯 시가 되어 엄마가 돌아오셨지만, 얼굴을 내비치지도 않았고, 저녁 식사도 하지 않은 채 하염없이 눈물만 흘리고 있었다.

나중에 모든 정황을 알게 된 엄마가 에이미를 불러 타일렀다.

"원고를 태워 버린 건 너무 지나친 행동이었어, 에이미. 그 원고는 조가 무엇보다 소중하게 여기던 것이었잖니. 만약 다른 사람이 네 스케치북을 태워 버렸다면 어떤 기분일까 생각해 보렴. 그러면 아마도 조금은 언니의 마음을 이해할 수 있을 거야."

엄마의 이야기를 들은 에이미는 화들짝 놀랐다.

그제야 자신의 행동이 얼마나 조 언니의 마음을 아프게 했는지 알게 되었기 때문이었다. 그래서 에이미는 조심스럽게 조가 울고 있는 곳으로 발걸음을 옮겼다.

"언니, 미안해! 내가 잘못했어."

한참을 쭈뼛거리던 에이미가 기어들어가는 목소리로 말했다. 하지만 조는 아무 대꾸도 하지 않은 채 어깨만 들썩이고 있었다.

“언니, 내가 잘못했으니 제발 용서해 줘!”

그러자 갑자기 벌떡 일어난 조가 소리쳤다.

“용서해 달라고? 천만에! 난 널 절대 용서할 수 없어!”

그러자 에이미 역시 화가 나서 대꾸했다.

“그래? 알았어! 용서하지 않는다고 하면 누가 겁이라도 낼 줄 알아?”

조와 에이미 사이에 형성된 냉기류는 며칠이 지나도록 풀리지 않았다. 그래서 집안 분위기는 쌀쌀한 바깥 날씨보다 더 차갑게만 느껴졌다.

그리고 며칠이 더 지난 어느 날이었다. 조는 로리와 함께 스케이트를 타기 위해 근처에 있는 연못으로 향했다. 조가 집을 나서자 메그가 에이미에게 말했다.

“어쩌면 지금이 기회인지도 모르겠다. 최근 들어 조의 기분이 제일 좋은 날이니까 말야. 그러니 얼른 뒤따라가서 다시 한번 사과를 해 봐. 지난번처럼 벌컥 말대꾸하지 말고, 알았지?”

“그럴게, 언니.”

에이미는 재빨리 스케이트를 챙겨 들고 조와 로리를 따라나섰다. 연못에 도착해 스케이트를 신고 있을 때 로리가 조에게 말했다.

“조, 연못 가운데는 얼음이 얇아. 그러니 그쪽으로는 가지

마.”

“알았어, 로리.”

히지만 뒤늦게 도착한 에이미는 아무것도 모르고 있었다. 조는 아직도 에이미에 대한 미움이 남아 있어 말을 해 주지 않았던 것이다. 그런데 잠시 후 로리의 다급한 목소리가 들렸다.

“어? 에이미! 위험해!”

깜짝 놀란 조가 뒤를 돌아보았을 때, 에이미는 이미 깨진 얼음 속에 빠져 허우적거리고 있었다. 너무 놀란 조는 순간적으로 아무 생각도 나지 않았다. 머리가 하얗게 비어 버린 것만 같았다.

“조! 연못 울타리에서 막대기를 빼 와, 어서!”

로리의 외침을 듣고 나서야 정신을 차린 조가 서둘러 막대기를 가져다주었다. 다행히 에이미에게 상처는 없었다. 다만, 너무 놀란 데다 온몸이 얼어 사시나무 떨 듯 경련을 하고 있었다.

“에이미, 이걸 입자!”

로리는 자신이 입고 있던 외투를 벗어 에이미에게 걸쳐 주었다. 그러고 나서 에이미를 둘러업더니 집을 향해 달리기 시작했다.

소스라치게 놀란 엄마는 재빨리 에이미의 옷을 갈아입힌 다음, 담요로 싸서는 벽난로 옆에 뉘었다.

“엄마, 우리 에이미 괜찮을까요?”

조는 어느새 잠들어 있는 에이미를 보면서 걱정스러운 목소리로 물었다.

"자고 일어나면 괜찮을 거야. 로리와 네가 재빨리 구해 주었기 때문에 큰 불행을 막을 수 있었구나. 장하다, 조."

조는 엄마의 칭찬에 얼굴이 화끈거리면서 몸 둘 바를 몰라 했다. 그리고 양심의 가책이 연못에서의 일을 고백하지 않을 수 없게 만들었다.

"에이미가 더 큰 일을 당하지 않은 건 모두 로리 때문이에요. 그리고 에이미에게 무슨 일이 생긴다면 그건 전부 제 탓이고요."

조는 엄마에게 그때까지 에이미에 대한 미움이 남아 있었다고 말했다. 그래서 연못 가운데는 얼음이 얇다는 사실을 알면서도 에이미에게 알려 주지 않은 자신은 벌을 받아 마땅하다며 느꼈다.

"엄마, 이게 모두 불 같은 제 성격 때문이에요. 게다가 에이미한테 용서를 빌고 싶지만 저는 그럴 수도 없는 처지예요. 제가 에이미의 거듭된 사과를 받지 않았거든요."

엄마가 조의 등을 다독여 주며 말했다.

"에이미는 괜찮을 테니 걱정하지 마라. 그리고 너의 그 급한 성격은 너 스스로 조절을 하면서 고치면 되는 거야. 엄마도 어렸을 때는 너랑 똑같은 성격이었단다."

"네? 엄마도 옛날에는 저 같았다고요?"

조는 화들짝 놀랐다. 엄마처럼 차분하고 자상한 사람이 한때는 자신처럼 사내아이 같은 성격을 갖고 있었다는 게 도무지 믿어지지 않았다.

"정말이란다. 그런데 그런 성격을 고치려고 십 년이 넘도록 노력을 했지. 조, 노력해서 안 되는 일은 없단다. 엄마는 아무리 화나는 일이 생기더라도 그날 잠자리에 들기 전까지는 풀어 버려야 한다고 생각한단다."

"저도 노력해서 그럴 수 있도록 할게요."

엄마의 얘기를 듣고 마음이 한층 가벼워진 조가 곤하게 잠들어 있는 에이미의 머리카락을 쓰다듬으며 조용한 목소리로 속삭였다.

"언니가 잘못했어, 에이미. 네 사과를 받아들이지 않은 것도, 연못에 빠진 것도 모두 언니의 좁은 마음 때문에 생긴 일이란다. 미안하다, 에이미. 이 언니가 정말 나빴어."

바로 그때 잠에서 깨어난 에이미가 조의 손을 잡으며 말했다.

"조 언니, 내가 잘못했어. 이렇게 진심으로 빌 테니 용서해 주면 안 돼?"

그러자 조가 말했다.

“아니야. 내가 잘못했어, 에이미!”

조와 에이미는 오랜만에 서로를 끌어안으며 용서를 빌었다. 두 사람을 보고 있는 가족들의 입가에 훈훈한 미소가 번지기 시작했다.

여행에서 깨달은 소중한 진실

차가운 겨울이 지나고 파란 새싹이 돋아나는 봄이 찾아왔다.

따사로운 봄 햇살과 함께 메그의 가슴은 하늘을 나는 것처럼 부풀어 있었다. 메그가 가정 교사로 있는 킹 씨네 아이들이 홍역을 치르는 바람에 때 이른 휴가를 얻게 된 차에, 공교롭게도 부잣집 딸로 소문난 친구 애니 모팻에게서 초대장이 날아왔기 때문이었다.

"언니는 정말 행운아야. 무려 보름 동안 여행을 즐길 수 있다니 말야."

여행 가방을 챙겨 주며 조가 부러운 듯 말했다.

"게다가 날씨까지 너무 좋잖아!"

막내 에이미 역시 부러운 시선으로 메그 언니를 바라보았다.

딸들은 모두들 메그를 부러워하고 있었지만, 엄마는 속으로 걱정을 하고 있었다. 한창 감수성이 예민할 나이가 된 큰딸이 부자들의 호화로운 생활을 보고는 생각이 비뚤어질 수도 있겠다는 우려가 앞선 것이었다.

하지만 가정 교사를 하느라 한 번도 제대로 놀아 보지 못한 딸이 마음에 걸리기도 했다. 게다가 메그는 또래보다 주관이 똑바른 편이었기 때문에 흔쾌히 허락을 해 준 터였다.

메그가 도착하자 친구 애니가 반갑게 맞아 주었다.

"메그, 기다리고 있었어!"

애니 모팻이 살고 있는 집은 메그가 예상했던 것보다 훨씬 너크고 웅장했다. 건물의 규모는 물론, 갖가지 화려한 실내 장식에 이르기까지 메그의 상상을 초월하고도 남았다.

'공주들이 사는 궁궐에 온 거 같아.'

메그는 괜히 어깨가 움츠러들었다. 하지만 모두가 친절했다. 애니의 부모님을 비롯한 모든 가족이 편하게 대해 주어 메그는 곧 어색함이나 불편함에서 벗어날 수 있었다.

애니의 부모님이 무슨 일을 하는지는 알 수 없었지만, 그들 가족은 날마다 음악회나 연극 등 공연을 관람하곤 했다. 그에

비해 가정 교사 일 때문에 늘 자유스러울 수 없는 메그는 처음으로 자신의 생활이 짜증스럽다는 생각을 했다.

'우리 집도 부자라면 가정 교사 같은 건 하지 않아도 될 텐데……'

하지만 그것은 꿈이었다. 아빠의 직업은 목사였기 때문에, 전쟁에서 돌아온다 하더라도 큰돈을 벌어 하루아침에 부자가 될 수 없다는 사실을 메그는 잘 알고 있었다.

그리고 며칠이 흘러 가슴 졸이며 기다리던 파티 열리는 날이 되었다.

메그는 파티를 위해 엄마가 마련해 준 포플린 드레스를 입었다. 그런데 파티장에 나가 보니 다른 친구들은 하나같이 화려하기 이를 데 없는 비단 드레스에 다양한 장식으로 치장하고 있었다.

한껏 들떴던 메그는 처음 애니네 집에 올 때처럼 금세 풀이 꺾이고 말았다. 그런데 파티가 시작되기 직전에 애니네 집 하녀가 커다란 꽃다발 한 아름과 편지 한 통을 가져왔다.

"어머나, 아름다운 꽃다발이다!"

"아마도 벨 언니의 약혼자가 보낸 걸 거야."

"어쩜 저렇게 예쁜 꽃다발을 보낼 생각을 했을까?"

파티에 참가한 친구들이 모두들 부러운 시선으로 애니의 언니인 벨을 바라보았다. 그때 꽃다발을 가져온 하녀가 작은 목소리로 말했다.

"죄송하지만 메그 아가씨 앞으로 온 꽃다발이에요."

하녀의 말을 들은 애니가 화들짝 놀라며 물었다.

"세상에, 메그! 이렇게 자상한 남자 친구가 있으면서도 그동안 나한테 말을 하지 않았다니……. 이거 무척 서운한걸!"

그때까지 아무런 영문을 모르고 있던 메그가 얼른 편지를 뜯어보았다. 그리고 발신인을 확인한 다음 자랑스럽게 말했다.

"애니, 꽃다발은 로리가 보낸 거야. 편지는 엄마가 쓰신 거고……."

다른 친구들에 비해 초라한 드레스 때문에 움츠러들었던 메그의 어깨가 딩딩하게 펴졌다. 그리고 로리가 정성껏 보내준 꽃으로 머리 장식을 끝내자 그 어떤 소녀보다 아름다워 보였다. 그래서 파티에 참가한 많은 남자아이들이 정중하게 춤을 청했다.

그리고 일주일이 지나 또다시 파티가 열렸다.

부잣집 딸들인 애니의 자매들은 새로 산 옷들을 입어 보느라 부산을 떨고 있었다. 하지만 메그는 한쪽 구석에서 지난번 파티에 입었던 초라한 드레스를 다시 입을 수밖에 없었다.

바로 그때 애니의 언니 벨이 다가와 말했다.

"그건 지난번에 입었던 옷 아니야? 오늘은 다른 옷을 입어 보자.”

벨이 메그를 데려가 얼굴에 화장부터 하게 한 다음, 수많은 옷들 중에서 메그에게 가장 잘 어울리는 드레스를 골라 주었다. 거울 속의 자신이 예뻐 보이기는 했지만 메그는 무척 부끄러웠다. 난생처음 해보는 짙은 화장에, 가슴이 깊이 파인 드레스를 입었기 때문이었다.

“이렇게 예쁜 아가씨가 아무 옷이나 입으면 안 되지!”

벨 언니가 메그에게 용기를 주었다. 그래서 깊은 심호흡 몇 차례로 두근거리는 가슴을 진정시킨 다음 파티장으로 나갔다.

“세상에! 메그가 이렇게 예쁠 줄은 몰랐는데!”

“너 정말 메그 맞는 거야?”

모두들 메그의 아름다움을 칭찬해 주었다.

메그 역시 그 칭찬을 듣고는 속으로 우쭐해지는 기분이 들었다. 메그가 지나갈 때마다 남자아이들이 춤을 청했다. 메그 역시 그때마다 거절하지 않고 우아하게 춤을 추었다.

그렇게 한참 동안 흥겨운 시간을 보내고 있는데 파티장 한쪽에 로리가 서 있는 모습이 보였다. 애니가 메그 몰래 로리를 초대했던 것이다. 깜짝 놀란 메그가 로리에게 다가가 물었다.

“어머나, 로리! 언제 왔어?”

“금방 도착했어. 네가 어떤 모습으로 놀고 있는지 조가 궁금

하다고 자꾸만 졸라대서 말야."

"그, 그래? 그런데 네가 보기에 내 모습이 어때?"

로리가 퉁명스럽게 대답했다.

"하마터면 알아보지 못할 뻔했어."

메그가 물었다.

"그렇게 이상해 보이니?"

"예쁘긴 한데 헝겊으로 만든 꽃 같아. 향기 없는 가짜 꽃 말야."

숨김없는 로리의 말에 메그는 어찌할 바를 몰라 하며 파티장 구석으로 빠져나왔다. 너무나 부끄럽고 창피했기 때문이었다. 그런데 잠시 후 로리가 다가와 손을 내밀었다.

"우리 춤추지 않을래?"

메그가 퉁명스럽게 말했다.

"내가 마치 향기 없는 꽃 같다면서?"

"파티가 끝나고 화장을 지우면 다시 예전의 메그로 돌아올 거야."

춤을 추면서 메그가 애원하듯 부탁했다.

"오늘 네가 본 내 모습은 동생들한테 비밀로 해 줘. 지금 나도 마음 깊이 반성하고 있으니까. 알았지?"

"그래, 아무 말도 하지 않을게."

메그의 파티는 그렇게 끝을 맺었다. 그리고 토요일이 되어 보름 동안의 휴가를 마친 메그는 집으로 돌아왔다.

"엄마, 저 왔어요. 얘들아, 언니 왔다!"

메그의 목소리를 들은 가족들이 우르르 몰려나왔다. 그리고 제각기 한마디씩 질문을 퍼부었다.

"그래, 휴가는 즐겁게 보냈니?"

"언니, 파티는 어땠어?"

"너무 재미있었겠다."

"난 언니가 정말 부러워. 빨리 얘기 좀 해 줘."

메그가 웃으면서 말했다.

"애니의 집은 무척 화려한 궁궐 같았어. 파티도 귀족들의 모임처럼 품위가 넘쳤고 말야. 하지만, 난 나쁜 사람들 신경을 쓰면서 그런 넓은 집에서 사는 것보다 작고 아담한 우리 집이 훨씬 더 좋아. 사랑하는 가족들과 함께할 수 있는 편안한 우리 집이 말야."

메그의 말을 들은 엄마가 부드러운 미소를 지으며 얘기했다.

"고맙구나, 메그. 사실 엄마는 네가 애니네 집에 다녀온 후로 가난한 우리 집 환경에 불만을 갖게 되면 어쩌나 하고 걱정했었단다. 엄마는 네가 외모보다 마음이 아름다운 숙녀가 되기를 바라고 있어."

메그가 고개를 끄덕였다. 이번 휴가를 통해 새로운 깨달음을 얻은 것이다.

봄이 가고 여름이 시작되고 있었다.

6월과 함께 모든 집의 정원은 예쁜 꽃들로 채워지기 시작했다. 메그가 가정 교사로 있는 킹 씨네 아이들도 무사히 홍역을 치른 뒤 방학을 맞이했다. 그래서 바닷가로 여행을 떠나게 되었다. 덩달아 메그는 석 달 동안의 휴가를 얻을 수 있었다.

"나만 휴가를 얻어서 미안한 생각이 드는구나, 조."

메그가 고모의 수발을 들며 용돈을 벌고 있는 조에게 말했다. 하지만 조 역시 휴가를 받은 상태였다. 때마침 고모도 여행을 떠나게 된 것이었다.

"그런데 마차가 떠나려고 하는데 고모님이 갑자기 고개를 내밀면서 '조, 혹시 괜찮다면…….' 이라는 말씀을 하시는 게 아니겠어? 그래서 나는 전혀 못 들은 척하고는 얼른 뛰어와 버렸어."

"언니들은 휴가 기간 동안 뭐 할 거야?"

옆에서 얘기를 듣고 있던 에이미가 물었다.

"사실 그동안 나는 가정 교사 일 때문에 늦잠을 자 본 적이 없잖니. 그래서 지칠 때까지 실컷 자 보고 싶어."

메그의 대답을 들은 조가 입을 열었다.

"나는 그동안 읽지 못했던 책을 마음껏 읽을 거야. 게으름뱅이처럼 빈둥거리는 건 정말 싫거든."

그러자 막내 에이미가 베스에게 말했다.

"베스 언니, 우리도 그동안 공부는 잠시 미뤄두고 놀면 안 될까?"

베스가 대답했다.

"나도 그러고 싶어. 인형 옷도 만들고, 새로 나온 노래도 배우면서……. 그런데 엄마가 허락해 주실지 모르겠다."

모두들 공부를 하지 않기로 의견이 모아지자 큰언니 메그가 안방에서 바느질을 하고 있는 엄마에게 자신들의 생각을 말했다. 그러자 엄마가 말했다.

"너희들이 그렇게 공부하기가 싫다는데 허락해 줘야지. 하지만, 그렇게 노는 것이 얼마나 고통스러운지 곧 깨닫게 될 거야."

엄마에게 허락을 얻은 네 자매는 뛸 듯이 기뻤다. 그래서 메그는 이튿날은 해가 중천에 떠오를 때까지 늦잠을 잤다. 일어나 보니 집안에 사람이 하나도 없어서 혼자 식탁에 앉아 아침 식사를 했다.

조는 그 시간에 로리와 함께 뱃놀이를 하고 있었다. 그리고 한나절이 지난 다음에 집으로 와서 정원의 나무 그늘에 앉아 책을 읽었다. 베스 역시 계획했던 대로 인형 옷을 만들기 시작했다.

에이미는 언니들이 각자 자신들이 원하던 대로 하면서 놀아주지 않자 외출복을 예쁘게 챙겨 입고는 뒷동산에 올라가 그림을 그렸다. 그렇게 네 자매가 빈둥거리며 지내던 사이에 토요일이 되었다.

늦게까지 잠을 자고 일어난 네 자매는 아침을 먹으려고 주방으로 들어갔다. 그런데 아침 준비에 한창 부산해야 할 주방에는 엄마도, 한나 아줌마도 보이지 않았다. 게다가 아침을 만들기 위한 어떤 준비도 되어 있지 않았다.

"이게 어떻게 된 일이지?"

조가 말했다.

"글쎄, 아무래도 엄마 방에 가 봐야겠다."

메그가 서둘러 2층에 있는 엄마 방으로 향했다. 하지만, 금세 내려와 난감한 표정을 지었다.

"언니, 새벽에 무슨 일이 있었던 거야?"

에이미의 물음에 메그는 고개를 가로저으며 말했다.

"아니, 특별한 일이 있었던 건 아니야."

"그런데 주방이 왜 이렇게 썰렁해?"

"엄마는 피곤하셔서 좀 더 쉬어야 하신대. 그리고 한나 아줌마는 이틀 동안 휴가를 주셨다면서 우리끼리 알아서 아침 식사를 해결하라고 하셨어.”

“이상하네. 어제 저녁까지 별말씀 안 하셨는데…….”

조가 혼잣말처럼 중얼거린 다음, 아무렇지도 않다는 듯 말했다.

“엄마가 아프시지 않다면 괜찮아. 그렇잖아도 그동안 빈둥거리며 책만 읽는 게 지겨웠는데, 아줌마가 휴가를 가셨다니 오히려 잘됐다.”

“나도 그렇게 생각해.”

에이미도 심심하던 차에 잘되었다며 서로 역할을 분담한 뒤 아침 준비를 하자고 제안했다. 모두들 막내의 의견에 찬성했다. 메그는 양파와 달걀을 꺼내 요리를 하고, 조는 소시지에 칼집을 내고 분에 구웠다. 그동안 베스와 에이미는 차를 끓이고 식탁을 닦았다.

그렇게 얼마간의 시간이 지난 후, 식탁에는 맛있어 보이는 음식이 가득 차려졌다. 아침을 먹기 전에 베스가 음식과 차를 쟁반 위에 받쳐 들고 엄마에게 가져다 드렸다.

“엄마, 저희들이 아침을 준비했어요. 드세요.”

“그게 정말이니? 모두들 수고했구나.”

엄마가 활짝 웃으며 음식을 입에 넣었다.

“맛이 어때요, 엄마?”

“응? 그, 그래. 아주 맛있구나.”

엄마의 얼굴은 웃고 있었지만 절대로 맛있는 음식을 드실 때의 표정이 아니었다. 베스가 주방으로 내려오자 네 자매는 사이좋게 둘러앉아 아침을 먹기 시작했다.

“우웩! 무슨 맛이 이래?”

“세상에서 이렇게 맛없는 오믈렛은 처음이야!”

요리를 만든 메그는 할 말이 없었다. 최선을 다해 만들기는 했지만, 자신이 먹어 봐도 도저히 삼키기가 힘든 맛이었던 것이다. 기가 죽어 있는 메그에게 조가 말했다.

“언니, 점심은 내가 준비할 테니 아무 걱정 하지 마. 오늘 점심에 로리를 초대했거든. 멋진 식사를 대접한다고 큰소리까지 쳤어.”

깜짝 놀란 메그가 황당한 표정을 지으며 말했다.

“네 솜씨로 음식을 만들어 손님 접대를 한다고?”

조가 자신 있는 목소리로 외쳤다.

“걱정 붙들어 매셔! 일단은 엄마한테 여쭤 본 뒤 메뉴를 정할 거니까.”

말을 마친 조가 엄마 방으로 향했다.

“엄마, 오늘 점심때 로리가 오기로 했는데 어떻게 하면 좋을까요?”

“글쎄, 엄마는 지금 그런 것까지 신경 쓸 겨를이 없구나. 오랜만에 친구들을 만나기로 했거든. 그래서 곧 나가 봐야 한단다.”

엄마가 평소와는 달리 무척 냉정해졌다는 생각을 하며 계단을 내려오는데, 거실 한쪽 구석에서 베스가 눈물을 뚝뚝 흘리며 서럽게 울고 있었다.

“아니, 베스! 너 왜 그래. 어디 아파?”

“조 언니. 이 일을 어떡하면 좋아?”

“도대체 왜 그러는데?”

“조금 전에 핍이 죽었어!”

“뭐라고?”

핍은 베스가 오랫동안 정성을 다해 기른 카나리아 이름이었다.

“나 때문에 핍이 죽었어. 내가 핍을 죽인 거라고…….”

“그게 왜 너 때문이니?”

“지난 일주일 동안 노느라고 핍한테 먹이 주는 걸 잊고 있었단 말야. 그래서 핍은 굶어 죽고 만 거야!”

큰 언니 메그가 다가와 베스를 위로해 주었다.

“우리 지금 나가서 핍을 마당 한쪽에 묻은 다음 장례를 치러 주자. 그러면 핍도 천당으로 갈 거야. 그러니 그만 울어, 응?”

베스와 메그가 핍을 상자에 넣어 밖으로 나갔다. 베스 때문에 한동안 정신이 없었던 조가 시계를 쳐다보았다. 그런데 어느새 로리와 약속한 점심시간이 다가오고 있었다.

"어머나, 이 일을 어쩌면 좋아!"

조는 서둘러 옷을 갈아입고 시장으로 달려가 왕새우와 아스파라거스, 그리고 딸기를 사 왔다. 그리고 탁자 위에 요리책을 펴 놓은 다음, 책에 나와 있는 순서대로 요리하기 시작했다.

그때 외출복 차림을 한 엄마는 야속하게도 친구를 만날 시간이 다 되었다며 뒤도 돌아보지 않고 밖으로 나가셨다. 그리고 잠시 후, 마을에서 가장 말이 많아 수다쟁이로 소문난 크로커 할머니가 찾아와 말했다.

"조, 너 지금 아주 특별한 요리를 만들고 있다면서?"

조가 심드렁한 표정으로 대답했다.

"그걸 어떻게 아셨어요?"

"조금 전 거리에서 네 엄마와 마주쳤거든. 그런데 네 엄마 하시는 말씀이 지금 너희 집으로 가면 아주 특별한 점심을 먹을 수 있을 거라며, 어서 가 보라지 뭐니? 그래서 이렇게 왔단다."

"아, 네에."

조는 그렇게 대답을 하면서 억지웃음을 지어 보였다.

하지만 머릿속은 한없이 복잡하기만 했다. 엄마는 도움을 주기는커녕 하필이면 거리에서 만난 크로커 할머니까지 초대한 것이다. 그 바람에 만약 음식이 맛이 없다면 날이 저물기 전에 동네방네 소문이 날 것은 너무나 뻔한 이치였다.

어쨌든 조는 음식을 만들려고 최선을 다했다.

하지만 마음먹은 대로 되는 게 하나도 없었다. 토스트는 까맣게 타 버렸고, 아스파라거스는 뜨거운 물에 너무 오래 데치는 바람에 물에 풀어놓은 미역처럼 흐물거렸다. 게다가 새우는 껍질을 벗길 때 살점이 절반 이상 떨어져 나가 정체를 알 수 없는 모양이 되어 버렸다.

그렇게 모든 준비가 끝났을 때 로리가 현관문을 열고 들어왔다.

"어서 와, 로리!"

조가 로리를 맞았다.

"점심에 초대해 줘서 고맙다, 조."

네 자매와 로리, 그리고 크로커 할머니가 식탁에 앉았다. 만드는 과정은 힘들었지만, 식탁 위에 올려진 음식은 비교적 먹음직스러워 보였다. 식탁 위에 차려진 음식을 본 크로커 할머니가 말했다.

"어린 줄만 알았던 조가 참으로 대견하구나. 아주 훌륭한 점심이 될 것 같아. 잘 먹으마, 조."

숟가락을 든 크로커 할머니가 기대에 찬 표정으로 음식을 들었다. 그런데 입속으로 음식이 들어가자마자 가뜩이나 주름 많은 크로커 할머니의 얼굴이 잔뜩 일그러졌다.

"이게 무슨 맛이라니?"

다른 사람들도 서둘러 음식 맛을 보았다. 하지만, 모두의 표정이 크로커 할머니의 그것과 크게 다르지 않았다. 그런데 로리는 아무 말도 하지 않고 어색한 웃음을 입가에 머금은 채 끝까지 음식을 먹어 주었다. 조는 그런 로리가 한없이 고마웠다.

식탁을 치운 조가 디저트를 내 놓았다.

커다란 유리그릇에 딸기를 잘라 담고는, 그 위에 생크림을 듬뿍 얹어 무척 먹음직스러워 보였다. 조는 자신이 정성을 가장 많이 들인 딸기 크림을 개인별로 그릇에 담아 나누어 주었다.

이번에도 크로커 할머니가 제일 먼저 디저트의 맛을 보았다.

"쿠웩!"

할머니는 요란한 소리와 함께 입에 넣은 딸기 크림을 씹지도 않고 단번에 삼켜 버리더니 물을 거푸 마시기 시작했다. 이번에는 로리가 디저트를 먹었다. 조는 걱정스러운 마음으로 로리의 표정을 살폈다. 그런데 어찌 된 셈인지 로리는 마치 넋이 나간 사람처럼 두 눈만 끔뻑끔뻑거리고 있었다.

베스는 딸기 하나를 살짝 떼어 먹어 보더니 몸을 부르르 떨었고, 막내 에이미는 손으로 입을 가린 채 욕실로 뛰어들어갔다. 조심스럽게 한입을 먹어 본 메그가 말했다.

“조, 설탕 대신 소금을 넣은 것 같다. 게다가 크림을 어디에 두었기에 이렇게 빨리 변해 버렸지? 시큼한 맛 때문에 온몸에 소름이 다 돋는구나.”

마음이 급해 그릇 모양이 비슷한 설탕과 소금을 착각한 데다, 얼음 위에 보관했어야 할 크림을 화덕 옆에 두었던 것이 화근이었다. 조는 쥐구멍에라도 들어가 얼굴을 감추고 싶었다. 그런 조 옆으로 로리가 다가와 말했다.

“괜찮아, 조. 솔직히 맛은 별로였지만 추억에 남을 만한 점심이었어.”

그러자 크로커 할머니가 구시렁거렸다.

“쳇, 괜찮기는 뭐가 괜찮아? 하기야 선머슴 같은 조한테 맛있는 음식을 기대한 내가 잘못이다, 그래.”

크로커 할머니의 말에 모두들 큰 소리로 웃었다.

거리에 어둠이 드리우기 시작할 무렵 외출에서 돌아온 엄마는 모처럼 딸들과 함께 차를 마시고 싶다고 했다. 큰딸 메그가 차를 준비하자 모두들 탁자에 둘러앉았다.

“엄마, 오늘은 정말이지 내 인생에서 가장 끔찍한 하루였어요!”

점심 식사를 완전히 망쳐버린 조가 먼저 말을 꺼냈다.

“집이 아니라 캠핑을 나온 것 같았다니까요.”

메그 역시 지난 일주일을 회상하며 입을 열었다.

“엄마도 안 계시고, 한나 아줌마도……..”

“게다가 핍까지 죽어 버렸어!”

베스와 에이미도 한마디씩 거들었다. 그러자 엄마가 말했다.

“휴가를 일주일 정도 더 줄까? 한나 아줌마도 더 쉬라고 하고…….”

엄마의 말에 네 딸들은 소스라치게 놀랐다.

“아니에요! 휴가는 오늘로 끝낼 거예요!”

“내일부턴 놀지 않을게요, 엄마!”

아이들이 모두 기겁을 하자 엄마가 말을 이었다.

“사람이란 모름지기 일을 해야 하는 법이란다. 그러니 너희도 앞으로는 조금 힘들고 버겁더라도 공부는 물론, 생활에 필요한 새로운 것들을 하나씩 익혀 나갔으면 좋겠다.”

하루 내내 음식 때문에 곤욕을 치렀던 조가 조심스럽게 물었다.

“엄마, 오늘 일부러 약속을 만들어 나가신 거지요? 한나 아줌마에게 휴가를 주신 것도 마찬가지고요.”

“그래, 조 말이 맞다. 나는 오늘 사랑스러운 우리 네 딸들에게 가족이 무엇인지를 알게 하고 싶었단다. 그리고 가정의 평화란

누구 한 사람의 노력만으로는 유지될 수 없다는 사실도 알게 하
고 싶었고…….”

엄마의 이야기가 끝나자 조가 말했다.

“엄마, 나는 앞으로 한나 아줌마를 도와 요리하는 방법을 익
힐게요.”

“나는 아빠 셔츠를 만들어 보내 드리고 싶어요.”

유난히 바느질을 싫어하는 메그의 말이었다.

베스와 에이미 역시 앞으로의 각오를 말했다. 전혀 다른 사람
같았던 엄마는 어느새 일주일 전의 다정한 그 엄마로 돌아와 있
었다.

작은 아씨들이 꾸는 꿈

고개를 들 수 없을 만큼 뜨거운 불볕더위가 시작되었다. 날씨가 너무 더워 가만히 앉아 있는 것조차 짜증이 났다. 하지만 그렇다고 해서 날마다 강가에 나가 물놀이를 할 수도 없는 노릇이었다.

"더위를 까맣게 잊을 만큼 신나는 일 없을까?"

마당 앞 나무 그늘 아래 놓인 흔들의자에 앉아 책을 읽고 있던 조가 혼잣말로 투덜거렸다. 때마침 할아버지 심부름을 다녀오던 로리가 그 말을 듣고 얼굴에 흘러내리는 땀을 닦아내며 말했다.

"아무리 신나는 일이 생긴다고 해도, 이 엄청난 더위가 어디로 가겠냐?”

“그렇지? 아무래도 그럴 거야.”

“그런데 어쩌면 우리한테 그런 일이 생길지도 몰라.”

조가 상체를 벌떡 일으키며 물었다.

“그게 정말이니? 뭔데, 응?”

“사실은 내일 영국에서 친구들이 도착하기로 했어. 그래서 날씨만 괜찮다면 롱메도에서 캠핑을 하기로 약속이 되어 있거든.”

“하지만 네 친구가 가는데 우리가 낄 수는 없잖니?”

“천만에, 내 가정 교사인 브룩 선생님이 같이 가주시기로 했으니까 너희 엄마한테 허락만 얻으면 돼. 모든 준비는 우리 집에서 하기로 되어 있으니까 믿어.”

조는 재빨리 집안으로 들어가 로리의 이야기를 설명한 다음 엄마를 졸라대기 시작했다. 어느새 2층에서 내려온 자매들도 조를 응원하고 나섰다.

“엄마! 허락해 주세요, 네?”

하지만 엄마는 쉽게 결정을 내리지 못하고 있었다.

“로리의 영국 친구들이 어떤 아이들인지 너희는 아무것도 모르잖니? 게다가 로렌스 할아버지 댁에 피해를 끼치는 것도 옳지 않은 일이고……”

"엄마가 허락해 주실 걸로 알고 모든 준비는 이미 끝나 있대요. 그러니 엄마, 제발 허락해 주세요!"

낯선 사람이 말을 붙이는 것조차 무서워하는 베스가 입을 열었다.

"나도 가고 싶은데……."

말 없는 베스의 한마디가 결정적으로 엄마의 마음을 움직이고 말았다.

"좋아. 모두가 그렇게 원한다면 허락을 해 주마. 그 대신 함께 가는 모든 사람들한테 버릇없이 굴어서는 안 된다!"

"감사합니다, 엄마!"

그날 저녁, 네 자매는 평소보다 빨리 잠자리에 들었다. 이튿날의 소풍을 위해 일찌감치 자기로 약속을 한 것이었다. 늦은 밤, 엄마가 들어와 보니 딸들의 잠자는 모양이 가관이 아니었다.

큰딸 메그는 한껏 멋을 부리고 싶었는지 머리카락 끝 부분에 동그란 롤을 감고 있었고, 둘째 조는 뜨거운 햇볕이 걱정되었는지 얼굴에 콜드크림을 잔뜩 바르고 있었다. 또한, 셋째 베스는 인형을 품에 안은 채 무슨 꿈을 꾸는지 히쭉히쭉 웃고 있었으며, 막내 에이미는 늘 불만이던 낮은 코에 빨래집게를 집은 채 깊은 잠 속에 빠져 있었다.

엄마는 네 딸이 곤하게 잠자는 모습을 보면서 소풍을 허락한 것이 잘한 일이라는 생각을 했다.

날이 밝자 일찌감치 일어난 네 자매는 소풍을 준비하느라 부산을 떨었다. 가장 부지런한 베스가 창문 너머 로리네 집을 쳐다보고 있다가 일어나는 변화를 중계하듯 얘기해 주었다. 그날은 평소에 말이 없던 베스가 평소에 하지 못했던 말을 다 하기로 작정을 한 모양이었다.

"어? 로렌스 할아버지가 하늘을 쳐다보시네? 아마도 오늘 날씨가 괜찮을지 관찰을 하시는 것 같아. 그리고 지금 마차 한 대가 도착했어. 우와! 무지 날씬한 여자 한 명이 내린다. 그리고 여자 꼬마 아이 한 명도! 이번에는 남자 아이 둘인데, 히야! 얼굴이 똑같이 생겼다! 그런데 한 아이는 다리를 다쳤는지 목발을 하고 있어."

모든 준비를 마친 네 소녀는 아래층으로 내려갔다. 그리고 엄마한테 인사를 한 다음 로리네 집으로 달려갔다. 로리가 영국에서 온 친구들을 한 명씩 소개해 주었다.

그들의 이름은 메그와 비슷한 또래인 숙녀 케이트 본과 쌍둥이 형인 프레드, 그리고 목발을 하고 있는 동생 프랭크와 귀염둥이 소녀 그레이스였는데, 그레이스는 막내 에이미와 동갑내기였다.

베스는 아침에 일어나자마자 너무 많은 말을 한 까닭인지, 한

동안 입을 꾹 다문 채 언니들 뒤만 졸졸 따라다녔다.

그러다 목발을 하고 있는 프랭크가 안쓰러운 생각이 들어 조금씩 가까워지기 시작했다. 에이미 역시 그레이스와 금세 친해져서 어렸을 때부터 알고 지낸 친구 같았다.

"이제 모두 강으로 가서 배를 타자!"

일행을 인솔하기로 한 로리의 가정 교사 브룩 선생님이 큰 소리로 외쳤다. 강에 도착한 일행은 두 척의 배에 나누어 타고 롱메도로 향했다. 메그와 같은 배를 타게 된 브룩 선생님은 메그의 꾸밈없는 모습에 자꾸만 눈길이 갔다.

롱메도에 도착해 보니 먼저 와 있던 하인들이 천막까지 쳐 놓고 기다리고 있었다. 배가 멈추자 모두들 환호를 지르며 강기슭으로 올라갔다. 그곳에는 공놀이를 할 수 있을 만큼 넓은 잔디밭도 있었다.

로리가 큰 소리로 제안했다.

"햇살이 더 뜨거워지기 전에 미니 축구 시합을 한 판 하는 게 어때?"

일행이 모두 찬성하자 영국 팀과 미국 팀으로 나누어 시합을 하기 시작했다. 다리가 불편한 프랭크와 그레이스, 그리고 베스와 에이미는 그늘에 앉아 시합을 구경했다.

축구는 아주 재미있었다. 승부욕이 강한 조와 활달한 성격을 가진 프레드의 불꽃 튀는 경쟁은 보는 사람을 더욱 흥미진진하게 했다. 동점으로 경기가 지속되는 가운데 조가 몰고 가던 공을 가로챈 프레드가 재빨리 미국 팀 골대로 달려왔다.

그런데 슛을 하려는 순간 넘어지고 말았다. 하지만 프레드는 모두들 우왕좌왕하는 사이에 공을 손끝으로 살짝 밀어 골인을 시키고 말았다.

"골인이다!"

벌떡 일어난 프레드가 큰 소리로 외쳤다.

"비겁하게 손으로 밀어 넣었잖아!"

조가 따져 물었다. 그러나 프레드는 절대로 아니라며 손사래를 쳤다. 약이 오른 조는 더욱 열심히 공을 쫓아다녔다. 그래서 결국은 이기고 말았다. 기분이 한껏 좋아진 조는 자신이 점심 요리를 하겠다고 나섰다.

지난번 점심때 로리를 초대해 놓고 처참한 꼴을 당했던 조는 그동안 엄마와 한나 아줌마에게 틈이 나는 대로 요리를 배웠다. 그래서 이번에는 모두가 감탄할 만한 음식을 만들 수 있었다.

식사를 마치고 모두들 디저트를 먹으려는 순간 로리가 말했다.

"혹시 소금 필요한 사람 있으면 말해!"

그 말에 네 자매는 배를 움켜쥐며 웃었다. 하지만, 영문을 모르는 사람들은 그냥 멀뚱한 표정을 지을 수밖에 없었다. 그 모습이 우스워 로리와 네 자매는 또 웃을 수밖에 없었다.

오후에는 그늘에 모여 진실 게임과 숨바꼭질, 그리고 주사위 놀이도 했다. 좋은 친구들 때문인지 어떤 놀이를 해도 무척 즐거웠다. 남자아이들과는 말 한마디 나누어 본 적이 없는 베스도 발이 불편한 프랭크와는 오랫동안 얘기를 나누었다.

해가 기울어 집으로 돌아올 때의 기분은 마치 여름을 다 보낸 것만 같았다.

더위가 절정에 이른 8월 어느 날 오후였다.

뜨거운 열기와 흐르는 땀 때문에 몸이 축 늘어진 로리는 정원 그물 침대에 누워 빈둥거리고 있었다. 그런데 옆집 네 자매의 말소리가 들려왔다.

고개를 들어 쳐다보니 소녀 네 명이 마치 탐험 여행이라도 떠나는 사람들처럼 챙이 넓은 모자와 지팡이용 막대를 하나씩 들고 뒷문을 지나 언덕을 오르고 있었다.

'나를 빼놓고 뭔가 재미있는 놀이를 하겠다 이거지?'

서운한 생각에 그만둘까 하다가, 네 자매가 뭘 하려 하는 것인지 너무나 궁금했다. 그래서 재빨리 집으로 들어가 모자를 쓰고는 네 자매가 올라간 언덕을 향해 달음질하기 시작했다. 언덕 꼭대기에 올라가 보니 네 자매는 소나무 그늘 아래에 자리를 잡고 있었다.

'깜짝 놀라게 해 줘야지.'

로리는 조심스럽게 자매들이 있는 곳으로 다가갔다. 그런데 네 자매는 동그랗게 모여 앉아 게임을 하거나 장난을 치는 것이 아니라 제각각 뭔가를 열심히 하고 있었다.

메그는 바느질을 하고 있었고, 조는 뜨개질에 열중이었다. 베스는 땅 위에 큼지막한 오선지를 그려 놓고 그 위에 솔방울로 악보를 그리고 있었으며, 에이미는 스케치북을 펴 놓고 그림을 그리고 있었다.

'내가 잘못 생각했네!'

로리는 문득 그 자리에 끼어서는 안 되겠다는 생각을 했다. 그래서 몸을 돌려 집으로 향하려던 순간, 다람쥐 한 마리가 갑자기 방향을 바꾼 로리를 보고는 놀라 울음소리를 내면서 도망을 쳤다.

다람쥐 소리에 고개를 든 베스가 로리를 발견했다.

"어? 로리 오빠가 저기 있네?"

베스 말에 고개를 든 세 자매의 시선이 로리를 향했다.

"방해할 생각은 없었는데……, 미안해. 돌아갈게."

로리가 쑥스러운 표정을 하며 말하자 조가 고개를 가로저었다.

"그게 무슨 말이야? 우린 거의 가족이나 마찬가지인데."

"하지만 너희들이 너무 심각하게 뭔가를 하고 있어서 말야."

"아, 지금 우리들은 순례자 놀이를 하고 있어."

"순례자 놀이라니? 그런 건 처음 들어 보는데?"

"어쨌든 너한테도 함께하자고 할까 생각했는데, 이건 우리가 처음으로 만든 놀이인 데다가 네가 따분해할까 봐 그만뒀어."

로리는 여전히 네 자매가 하는 놀이가 무엇인지 이해할 수가 없었다. 게다가 별로 반기는 기색도 없어서 다시 말했다.

"하여튼 너희들이 싫다면 그냥 갈게."

그 말에 메그가 대꾸했다.

"네가 있다고 해서 불편할 건 하나도 없어. 다만, 이 놀이의 규칙은 단 한 가지인데, 절대로 빈둥거려서는 안 된다는 거야."

로리가 대답했다.

"알았어. 그 규칙 지킬 테니 나도 끼워 줘. 그 대신 나는 아무 일거리도 없으니까 무엇이든 시켜 줬으면 좋겠다."

그러자 조가 말했다.

"그렇다면 내 옆으로 와서 책 좀 읽어 줄래? 뜨개질이라는 게 생각 없이 기계적으로 하는 일이라 머리가 허전해."

"좋았어. 그런 거라면 자신 있지."

로리가 책을 읽기 시작했다. 하지만 내용이 그다지 길지 않아서 금세 다 읽어 버렸다. 그래서 조한테 처음부터 궁금했던 것을 물었다.

"그런데 이 놀이를 어떻게 시작한 거야?"

조가 대답했다.

"우리는 이번 여름 휴가를 빈둥거리지 않고 보내기로 약속했어. 그래서 생각해 낸 것이 순례자 놀이야. 각자 자기가 할 일을 한 가지씩 정한 다음 순례자가 고행을 하는 것처럼 인내를 갖고 해 보자는 생각을 한 거지."

"아, 그랬구나!"

로리가 고개를 크게 끄덕였다. 그리고 오전 내내, 아니 여름 내내 틈만 나면 빈둥거렸던 자신이 부끄러워졌다. 그때 큰언니 메그가 입을 열었다.

"로리도 이렇게 왔는데, 우리 잠시 쉬면서 각자의 가슴 속에 담고 있는 꿈을 이야기해 보는 건 어떨까?"

"좋아!"

모두가 찬성했고, 첫 순서는 로리였다.

로리가 자신의 꿈을 이야기하기 시작했다.

"나는 무엇보다 음악을 열심히 공부하고 싶어. 그래서 조금 더 자라면 이 세상을 두루 여행하면서 생각의 폭을 한껏 넓힌 다음에 독일로 갈 거야. 그곳에 가서 훌륭한 음악가가 되기 위해 최선을 다해야지. 많은 사람이 내가 만든 음악을 들으면서 행복할 수 있도록 말야.”

이번에는 메그 차례였다.

“나는 좋은 사람들과 함께 멋진 집에서 맛있는 음식을 먹으며 행복하게 살고 싶어. 하지만 나를 비롯한 우리 가족들만 그렇게 살지는 않을 거야. 언제나 불쌍한 이웃들을 위해 마음을 쓰면서 모두가 행복하게 살 수 있도록 노력해야지.”

메그의 말이 끝나자 조가 물었다.

“언니가 사는 그 집에 남편하고 아이는 없어?”

“조! 내가 좋은 사람들과 함께라고 했잖아. 그 속에 다 포함되어 있어! 그러는 넌 좋아하는 책과 원고지, 그리고 잉크만 있으면 되지 않니?”

조가 대답했다.

“언니 얘기가 맞아. 내게는 책이 가득 꽂힌 넓은 서재가 필요해. 그리고 가끔씩 스트레스를 풀어 줄 아라비아산 말도 한 마리 있으면 좋겠지. 어쨌든 난 훌륭한 소설을 써서 세상 모든 사람들에게 감동을 주고 싶어.”

이번에는 베스 차례였다.

“난 엄마 아빠랑 영원히 함께 살고 싶어. 예쁜 옷과 맛있는 요리, 그리고 아름다운 정원을 가꾸면서 말야.”

화들짝 놀란 로리가 물었다.

“그게 전부야?”

“다른 건 없어. 참, 하나 있기는 했는데 지난번에 로렌스 할아버지가 그 꿈을 이루어 주셨어. 나만의 그랜드 피아노를 갖고 싶었었거든.”

막내 에이미 차례가 되었다.

“베스 언니는 너무나 욕심이 없어서 탈이야. 나는 반대로 너무 많아 탈이기는 하지만……. 어쨌든 나는 화가가 되고 싶어. 기회가 된다면 로마에 가서 공부할 거야. 그래서 아주 유명한 화가가 될 거야.”

꿈 이야기를 모두 하고 나자 로리가 심각한 표정으로 입을 열었다.

“이렇게 모두들 근사한 꿈을 갖고 있는데, 우리 중에서 몇 사람이나 그 꿈을 이룰 수 있을까? 나는 그게 더 궁금하다.”

그러자 조가 말했다.

“좋아, 그렇다면 10년 후 오늘 여기에서 우리 모두 다시 만나자. 그래서 누가 얼마나 자신의 꿈을 이루었는지 다시 한 번 이야기해 보는 거야.”

‘10년 후’라는 말에 메그는 두 눈이 동그랗게 커진 채 외쳤다.

“그때가 되면 난 스물일곱 살이잖아? 조와 로리는 스물여섯, 베스는 스물넷, 막내 에이미도 스물두 살이나 되어 있겠다!”

그때 갑자기 로리가 풀죽은 목소리로 말했다.

"사실대로 말하자면 난 자신이 없어. 내가 워낙 게으름뱅이라 그때까지 시간만 낭비하고 있지나 않을까 하는 생각이 드네."

조가 안타까운 눈빛으로 로리를 바라보며 입을 열었다.

"열심히 노력해서 이루어지지 않을 꿈은 없다고 했어. 그러니 나약한 생각은 하지 마. 그만큼 열심히 노력하면 되잖아?"

"내게는 걱정이 또 하나 있어."

"그게 뭔데?"

"할아버지는 내가 할아버지의 대를 이어 사업가가 되길 원하셔. 나는 정말 싫은데 말야. 그래서 당장에라도 집을 뛰쳐나가 버리고 싶기만, 혼자 남을 할아버지가 불쌍해서 그러시도 못하고 있다고!"

메그가 차분한 목소리로 말했다.

"그런 생각 하지 마, 로리. 우선은 할아버지께서 원하시는 대로 열심히 공부해서 대학에 가는 거야. 물론 음악 공부도 열심히 하면서 말야. 그리고 서서히 네 마음을 할아버지께 이해시키면 아마도 네 꿈은 이루어질 수 있을 거야. 너는 반드시 원하는 것을 얻을 수 있을 거라고!"

누나처럼 자상한 메그의 말에 로리가 고개를 끄덕였다. 그런

로리의 눈에는 기어코 꿈을 이루고 말겠다는 강한 의지가 담겨
있었다.

기쁨과 슬픔, 그 두 가지 감정

단풍과 함께 10월이 다가왔다.

날씨 또한 하루가 다르게 변해, 서늘한 기운이 나날이 다르게 느껴질 정도였다. 그즈음 다락방의 작은 책상 위에는 원고지가 잔뜩 쌓여 있었다. 지난 여름부터 틈만 나면 다락방에 틀어박혀 글쓰기에 모든 신경을 집중했던 조의 원고였다.

"드디어 끝냈다!"

원고 마지막 장에 마침표를 찍은 조가 홀가분한 목소리로 외쳤다.

"최선을 다했으니 후회는 없어!"

조는 만약 결과가 좋지 않더라도 실망하지 않기로 했다. 부족

한 부분을 채워 나가다 보면 언젠가는 많은 사람들에게 인정받는 작가가 될 수 있을 것이라 믿고 있었기 때문이었다.

처음부터 다시 한 번 원고를 읽어 본 조는 흐뭇한 미소를 머금었다. 내용도, 오탈자도, 띄어쓰기도, 맞춤법도 별다른 이상이 없어 보였던 것이다.

"이제 원고를 보내기만 하면 된단 말씀이지!"

조는 예쁜 봉투에 원고를 넣은 다음, 분홍색 리본까지 묶어 포장을 마쳤다. 그런 다음 고양이 걸음을 하며 조심스럽게 계단을 내려왔다.

'아직은 아무도 알아선 안 돼!'

가족들 몰래 집을 빠져나온 조는 번화가의 한 건물 앞에 멈추어 섰다. 하지만 건물 안으로 들어가려다 다시 나와 버렸다. 왠지 부끄러운 생각이 들었기 때문이었다. 그러기를 몇 차례 반복한 조는 큰 심호흡 몇 차례로 가슴을 진정시킨 다음 건물 안으로 들어갔다.

'나이가 몇 살인데 충치 하나 뽑는데 저토록 겁을 낼까? 어쨌든 기다렸다 같이 가야지.'

길 건너 건물에서 나오다 우연히 조를 발견한 로리였다. 조가 들어간 건물 입구에 치과 간판이 있었기 때문에 이를 뽑으러 치과에 가는 것이라 지레짐작을 한 것이었다.

그렇게 한참을 기다리고 있는데, 얼굴이 홍당무처럼 빨개진 조가 건물에서 달려나왔다. 얼마나 정신이 없었는지 바로 앞에 서 있는 로리를 보지 못한 채 지나쳐 버렸다.

로리가 쫓아가 어깨를 툭 치며 말했다.

"내 얼굴을 알아보지 못할 만큼 힘들었어?"

깜짝 놀란 조가 뒤를 돌아보았다.

"으응? 로리구나. 아니, 그냥 그랬어."

"그렇게 힘들 것 같으면 엄마랑 같이 오지 그랬어?"

"아, 그게……. 당분간 비밀로 하고 싶어서 말야."

"별걸 다 비밀이래. 도대체 몇 개나 뽑았는데?"

"뭘 뽑아?"

조가 무슨 말을 하느냐는 듯 황당한 표정으로 물었다.

"치과에 가서 충치 뽑은 거 아니야?"

"충치?"

건물 입구에 있던 치과 간판을 떠올린 조가 갑자기 배를 끌어안고 웃기 시작했다. 그러더니 한참만에 입을 열었다.

"그건 그렇고, 어떻게 나를 보게 되었어?"

"응, 건너편에 체육관이 있거든. 거기에서 펜싱 연습을 하고 있어."

"아, 그랬었구나."

"그런데 이는 괜찮니? 꽤 아플 텐데……."

로리의 걱정스러운 표정에 조가 낮은 목소리로 말했다.

"내가 아무도 모르는 비밀 한 가지 말해 줄 테니, 다른 사람들한테는 절대로 말하지 않겠다고 약속해 줄 수 있어?"

"그럼, 그렇다면 나도 비밀 한 가지를 알려 주지."

로리의 팔을 바싹 잡아당긴 조가 입을 열었다.

"사실은 지금 내가 들어갔던 건물에 신문사가 있어. 그 신문사에 내가 쓴 단편 소설 두 편을 제출하고 나오던 중에 널 만난 거야."

"그래?"

"원고를 받은 편집부 기자가 읽어 보고 나서 다음 주까지 연락하겠대."

로리가 조를 존경하는 눈초리로 쳐다보았다. 그리고 많은 사람들이 오가는 대로변에서 큰 소리로 외쳤다.

"드디어 미국을 대표할 여성 작가 조세핀 마치가 탄생하는 순간이구나!"

소스라치게 놀란 조가 로리의 입을 틀어막았다.

"로리, 제발 그렇게 놀리지 마! 어쩌면 수준이 낮아서 신문에 나오지 않을 수도 있는데……. 어쨌든 당분간은 비밀로 해야 한단 말야!"

그러자 로리가 그 어느 때보다 밝은 표정으로 말했다.

"천만의 말씀! 너는 누구보다 뛰어난 재능을 갖고 있어. 나도 네 글을 읽어 봤잖아? 그러니 걱정하지 마. 반드시 신문에 나올 테니."

"그렇게 얘기해 주니 고맙다. 그런데 네 비밀은 뭐야?"

조가 마른침을 꿀꺽 삼키며 물었다. 그러자 로리가 한참 동안 히죽거리며 웃더니 입을 열었다.

"지난번 롱메도로 소풍 갔을 때 메그가 손수건을 잃어버렸다고 해서 모두들 한참을 찾아 헤맨 거 기억나니?"

"그럼, 메그 언니가 그 손수건 때문에 얼마나 속상해했는데……."

"그 손수건이 어디에 있었는지 이제야 알아냈어."

"에이, 시시해! 그게 무슨 비밀이라고 그러냐?"

"그렇게 생각해?"

"당연하지! 손수건을 잃어버린 언니조차 까맣게 잊어버린 사건인걸."

"그 손수건이 브룩 선생님한테 있다면? 그것도 양복 안주머니에 소중하게 간직하고 있다가 나한테 들켰다면? 그래도 흥미 없는 이야기야?"

"브룩 선생님 안주머니에 언니의 손수건이?"

조는 갑자기 머리가 복잡해지기 시작했다. 그러자 로리가 능글맞은 웃음을 흘리며 말을 이었다.

"브룩 선생님은 분명히 메그를 좋아하고 있어. 잘 생각해 봐. 넌 곧 미국에서 가장 유명한 소설가가 될 테니 브룩 선생님의 뜨거운 마음을 충분히 미루어 짐작할 수 있을 거야."

"……!"

로리의 비밀 이야기를 들은 조는 갑자기 기분이 나빠졌다. 머지않아 메그 언니를 브룩 선생님이 빼앗아 갈 것만 같은 생각이 들었기 때문이었다.

그렇게 일주일이 지났다.

그런데 그 일주일 동안 조의 행동거지가 누가 봐도 이상할 만큼 변해 있었다. 새벽에 일어나자마자 우체통을 확인하는가 하면, 평상시에도 오줌 마려운 강아지처럼 가만히 있지를 못하는 것이었다.

게다가 네 자매 중에서 제일 흉허물 없이 지내던 로리의 가정 교사 브룩 선생님을 봐도 인사조차 하지 않았다. 인사를 하기는커녕 입술을 샐쭉거리며 찬바람이 쌩 나도록 돌아서 버리곤 했다.

베스가 큰언니 메그에게 조심스럽게 말을 꺼냈다.

"요즘 조 언니가 이상해진 것 같지 않아?"

"글쎄, 나도 이상하다는 생각을 했어. 아침에 누구보다 일찍 일어나는 것도, 브룩 선생님한테 하는 것도, 로리랑 주고받는 눈빛도 그렇고……."

메그 역시 조의 변화를 실감하고 있었다.

그렇게 일주일이 더 흘렀다.

마당에 나갔던 조가 거실로 들어오더니 소파에 벌러덩 누워 세상에서 가장 편안한 자세로 신문을 보기 시작했다.

"조, 특별한 기사라도 실린 거야?"

동생의 변화에 예민해진 메그가 조심스럽게 물었다.

"아니, 별거 아냐. 신문에 소설이 실렸는데 한번 읽어 보는 거야."

조가 신경 쓰지 말라는 듯 심드렁하게 말했다. 그러자 에이미가 물었다.

"어떤 소설인데?"

"제목은 「화가들의 경쟁」이야……. 내용은 그저 그렇네."

"재미있겠다, 언니. 좀 읽어 주면 안 돼?"

그림에 관심이 많은 에이미가 졸랐다.

그러자 조가 못 이기는 척 소설을 읽기 시작했다. 나머지 세 자매는 조의 목소리에 귀를 기울였다. 아름다운 사랑 이야기를 그린 소설이었는데, 결말은 비극이었다. 안타깝게도 주인공들 모두가 강물에 빠져 죽는다는 내용이었던 것이다.

에이미가 말했다.

"화가들의 이야기라서 흥미로웠어. 내용도 참 감동적이었고⋯⋯."

"난 주인공들이 죽는 장면에서는 눈물이 나왔어."

그때까지 눈시울이 젖어 있는 셋째 베스의 말이었다.

"그런데 누가 쓴 거야?"

큰언니 메그가 물었다. 그러자 갑자기 소파에서 벌떡 일어난 조가 두 팔을 치켜들며 집안이 떠나갈 듯 큰 소리로 외쳤다.

"누가 썼냐고? 누구긴 누구겠어? 언니 동생 조세핀 마치가 쓴 소설이지!"

네 자매는 서로를 부둥켜안고 기쁨의 눈물을 흘렸다.

"조! 드디어 해내고 말았구나! 장하다, 내 동생!"

"너무 재미있었어, 언니!"

"축하해, 조 언니!"

바로 그때 외출하셨던 엄마가 현관문을 열고 집안으로 들어왔다. 막내 에이미가 달려가 엄마 품에 안기며 조의 기쁜 소식을 알렸다.

"축하한다, 조! 정말 대견하구나!"

그날 저녁 엄마는 네 딸에게 특별히 맛있는 음식을 만들어 주
었다. 한참 저녁을 먹던 조가 왈칵 눈물을 흘리며 중얼거렸다.

"아빠도 함께 있었으면 더 좋았을 텐데……."

가족들 모두의 가슴은 아빠 생각에 먹먹해지고 있었다.

조의 소설이 신문에 발표되어 모두가 행복에 젖었던 10월이
가고 11월이 되었다. 낙엽이 하나 둘 떨어지기 시작하면서 네
소녀는 제각기 까닭을 알 수 없는 우울증을 앓고 있었다.

그러던 어느 날 오후, 한나 아줌마가 현관문을 박차고 들어오
면서 다급한 목소리로 엄마를 불렀다.

"전보가 왔어요! 뭔가 중요한 일이 생긴 모양이에요!"

방에서 나온 엄마가 전보를 뜯어 보았다. 그런데 내용을 다
확인하기도 전에 눈이 스스르 감기더니 그 자리에 풀썩 주저앉
아 버렸다. 소스라치게 놀란 네 자매는 엄마를 부르며 안방으로
모시고 들어갔다.

"엄마!"

그 와중에 조는 엄마가 떨어뜨린 전보를 읽어 보았다.

마치 부인.

남편 마치 씨가 위독하니 서둘러 오시기 바랍니다.

워싱턴 블랭크 병원

전보의 내용을 전해 들은 네 자매는 갑자기 전해진 청천벽력 같은 소식에 할 말을 잃고 말았다. 금방까지만 해도 행복했던 시간들이 한순간에 불행의 구렁텅이 속으로 빨려 들어가 버렸다.

엄마 방에 모인 네 자매는 슬픔에 찬 눈물을 흘렸다. 그 소리에 가까스로 정신을 추스른 엄마가 네 딸들의 얼굴을 한 사람씩 찬찬히 쳐다보더니 강단진 목소리로 말했다.

"모두들 너무 슬퍼하지 마라. 아빠는 괜찮으실 거야. 엄마는 준비되는 대로 병원으로 갈 테니, 너희들은 각자 맡은 일을 하면서 아빠의 쾌유를 위한 기도를 열심히 드렸으면 좋겠다."

"네, 그럴게요. 엄마!"

엄마의 의연한 모습에 용기를 얻은 네 자매는 어려운 일이 닥친 상황일수록 꿋꿋해져야 한다는 아빠의 말씀을 떠올리며 입술을 깨물었다.

"메그는 내가 곧 출발한다는 전보를 쳐 주고, 조는 엄마가 편지를 써줄 테니 고모님께 전해 드려야겠다."

조는 엄마가 고모님께 어떤 내용의 편지를 쓰려는지 짐작하고 있었다. 집에 돈이 하나도 없으니 여행에 필요한 경비를 빌리려는 것이었다. 조는 엄마의 편지를 받자마자 고모님 댁을 향해 달렸다.

"엄마, 짐은 제가 정돈할 테니 좀 쉬세요."

셋째 베스가 엄마를 안락의자에 앉혔다. 그때 한나 아줌마로부터 얘기를 전해 들은 로렌스 할아버지가 환자에게 필요한 여러 가지 물건들을 한 아름 안고 들어왔다.

"너무 걱정하지 마십시오. 부군은 괜찮을 겁니다. 그리고 부인이 없는 동안 내가 아이들을 잘 보살필 테니 집안 걱정은 하지 마시고요."

"감사합니다. 어떻게 감사를 드려야 할지……."

"그런데 부인, 그 먼 길을 연약한 여자의 몸으로 혼자서 가실 수 있을는지……. 혹시 같이 갈 사람은 있습니까?"

"걱정은 고맙습니다만, 괜찮습니다."

로렌스 할아버지는 뭔가 골똘하게 생각을 하는 듯하더니 집 밖으로 나갔다. 그리고 잠시 후, 전보를 보내고 돌아오던 메그와 브룩 선생님이 마당에서 마주쳤다.

"어떻게 위로의 말씀을 드려야 할지 모르겠네요."

"고맙습니다. 브룩 선생님."

"로렌스 씨께서 부인을 워싱턴까지 모셔 드리라는 부탁을 받고 이렇게 왔습니다. 마침 로렌스 씨의 사업과 관련된 일이 있어서 준비하고 있었는데, 일정을 며칠 앞당겨 내일 떠나기로 했답니다.”

“그래요? 정말 고맙습니다.”

메그는 거듭 감사의 인사를 하고는 집으로 들어왔다.

그런데 고모님 댁을 들른 다음 간호에 필요한 물건을 사 오기로 했던 조가 한참을 기다려도 오지 않았다. 모두들 걱정이 되어 조를 기다리고 있었다. 그런데 조는 그 뒤로도 한참이 지난 다음에 이상한 모자를 깊이 눌러쓰고 헐레벌떡 집안으로 들어왔다.

조는 엄마에게 고모님의 편지를 드렸다. 고모님은 엄마가 부탁한 돈과 함께, 그렇게 말리던 군대에 가더니 급기야는 그런 일을 당하게 되었다는 힐난의 편지를 함께 보내왔다.

“왜 이렇게 늦었어?”

메그가 조를 향해 나무라는 투로 물었다.

“응, 가게에 잠깐 들르느라 그랬어. 그보다 엄마, 이거 아빠 병간호에 보태 쓰세요. 얼마 안 되는 돈이지만 제가 마련한 거예요.”

조가 엄마 손에 지폐를 쥐어 주었다.

“웬 돈이니? 25달러나 되잖아? 이 큰돈이 어디서 났어?”

깜짝 놀란 엄마가 물었다.

“나쁜 일을 하거나 훔친 거 아니니까 걱정하지 마세요.”

그때 베스가 조에게 물었다.

"언니, 그런데 아까 집을 나갈 때만 해도 없었던 모자는 어디서 났어?"

그러자 조가 모자를 벗었다.

그런데 머리카락이 보이지 않았다. 허리까지 찰랑거리던 조의 머리가 싹둑 잘려 단발이 되어 있었던 것이다. 소스라치게 놀란 엄마가 눈물을 글썽이며 말했다.

"도대체 무슨 짓을 한 거야, 조!"

조가 씨익 웃으며 대답했다.

"엄마, 머리카락은 금세 자라요. 그러니 괜찮다고요!"

엄마와 자매들은 조의 마음이 너무나 고마웠다. 그래서 모두들 부둥켜안고 뜨거운 눈물을 흘렸다. 그러는 사이에 밤이 깊어 가고 있었다.

이튿날 새벽, 그 어느 때보다 일찍 일어난 네 자매는 성경을 읽기 시작했다. 자꾸만 약해지려는 마음을 성경을 통해 다잡아 보려는 것이었다. 성경 공부를 마치고 거실로 내려오니 엄마는 벌써 모든 준비를 마치고 소파에 앉아 있었다.

슬픈 모습을 보이지 않기로 그렇게 다짐을 했건만, 엄마의 푸석한 얼굴을 대하는 순간 네 자매는 자신도 모르는 사이에 눈물을 흘리고 말았다. 엄마가 딸들의 눈물을 닦아 주며 천천히 말

했다.

"메그야. 넌 엄마가 따로 말하지 않아도 큰언니로서의 역할을 잘하리라 믿는다. 조는 기죽지 말고 늘 하던 대로 씩씩하게 지냈으면 좋겠어. 그리고 편지 자주 해라. 네가 보낸 편지가 아빠께 큰 힘이 되어 줄 거야. 베스는 아빠가 지어 준 별명처럼 평화의 천사니까 피아노 공부는 물론 언니들이랑 집안일 잘하리라 믿을게. 그리고 막내 에이미는 언니들 말 잘 들으면서 그림도 열심히 그려야 해. 나중에 아빠께 보여줄 수 있도록 말야. 알았지? 그리고 하멜 아줌마댁에 종종 가 보았으면 한다. 그 어린 아이들이 어떻게 지내는지 궁금하구나."

엄마가 당부의 말을 바로 마쳤을 때 밖에서 마차 소리가 들려왔다

"우리 모두 힘내자. 엄마는 그럼 다녀오마!"

작별인사를 마친 엄마가 마차에 올랐다. 네 자매와 한나 아줌마, 그리고 로리와 로렌스 할아버지는 마차가 보이지 않을 때까지 그 자리에 서서 손을 흔들고 있었다.

"집이 텅 빈 것 같아, 언니!"

막내 에이미가 메그의 품에 안기며 훌쩍였다.

한참 동안 눈물을 글썽이던 베스의 시선이 재봉틀 위에 멈추었다. 그곳에는 지난밤 엄마가 걱정과 슬픔을 뒤로한 채 손질해

놓은 딸들의 양말이 쌓여 있었다.

양말을 본 조가 흘러내리는 눈물을 참으며 말했다.

"울면 안 돼. 울지 않을 거야. 그리고 아무 일도 없었던 것처럼 고모님 댁으로 가서 시중을 들 거야!"

그러자 메그 역시 다짐하듯 말했다.

"우리 모두 더 강해지자. 나 역시 킹 씨네 아이들을 가르치러 갈게."

"우리도 집안일 모두 해 놓고 있을게."

에이미의 손을 잡은 베스가 힘주어 말했다.

잠시 후, 메그와 조가 집을 나섰다. 그리고 집에서 얼마쯤 떨어진 곳에 닿자 두 사람은 습관처럼 뒤를 돌아보았다.

"언니들! 잘 다녀와!"

엄마가 날마다 그랬던 것처럼, 베스가 그 자리에 서서 손을 흔들고 있었다.

"그래. 베스, 고맙다!"

메그와 조는 더욱 따뜻해진 마음으로 각자의 일터로 향했다.

그로부터 며칠 후, 엄마가 보낸 편지가 도착했다. 네 자매는 동그랗게 모여 앉아 떨리는 마음으로 엄마의 편지를 읽어 보았다. 급성 폐렴에 걸린 아빠는 한때 몹시 위독한 상태까지 치달았지만, 지금은 많이 좋아졌다고 했다.

"이제 안심이다! 이제는 마음껏 웃을 수 있겠어!"

네 자매는 뛸 듯이 기뻤다. 그리고 누가 먼저랄 것도 없이 답장을 쓰기 시작했다.

그리운 엄마!

엄마가 보내 주신 편지를 읽고 저희들은 기뻐서 어쩔 줄 몰랐어요.

서로 얼싸안고 울다가 웃다가 하면서 편지를 읽고 또 읽었답니다.

아빠의 병세가 호전된 건 모두 엄마의 헌신적인 간호 덕분이에요.

엄마, 집안일은 걱정하지 마세요.

우리 모두 각자가 맡은 일을 훌륭하게 해 내고 있으니까요.

조는 힘든 일이라면 무조건 알아서 다 해치워 버리고, 베스는 매일 피아노 연습을 빠뜨리지 않고 하는 데다가 집안일도 잘 돕고요, 에이미 역시 모든 것을 스스로 하려고 노력하고 있답니다.

로렌스 할아버지는 저희들을 혈육처럼 돌봐 주시고, 로리 역시 자주 놀러 와서 우울해하는 저희들을 웃겨 주곤 해요.

한나 아줌마도 엄마의 빈자리를 채워 주기 위해 열심이시고요.

참, 브룩 선생님은 참으로 친절하신 분인 것 같아요.

매일같이 저에게 편지를 보내 아빠의 병세를 자세하게 알려주신답니다.

그런 분이 마침 워싱턴에 머물게 되어서 정말 다행이에요.

저희들은 아빠가 빨리 나으셔서 건강한 모습으로 엄마와 함께 집에 오시기를 손꼽아 기다리고 있어요.

엄마 아빠를 사랑하는 큰딸 메그 올림

다음은 조의 편지였다.

사랑하는 엄마!

아빠의 병세가 나날이 좋아지고 있다고요?

그 소식을 듣고 저는 만세, 만세, 만만세! 하고 소리를 질렀어요.

그리고 하느님께도 감사, 감사, 또 감사! 하고 기도 드렸지요.

엄마, 메그 언니가 요즘 부쩍 숙녀가 된 거 같아요.

제가 남자라면 청혼을 하고 싶을 만큼 예뻐졌다니까요!

베스와 에이미도 여전히 천사 같고요.

그런데 저만 아직까지도 덜렁거리는 버릇을 고치지 못하고 있네요.

저의 그 성격 때문에 어제는 로리랑 크게 다퉜어요.

물론 제 잘못이었지만, 저는 절대로 사과할 생각이 없었거든요.

그런데 문득 엄마가 하신 말씀이 생각났어요.

그날 생긴 화는 그날 잠자리에 들기 전에 풀어 버려야 한다는 말씀 말이에요.

그래서 벌떡 일어나 로리 집으로 달려갔지요.

그런데 똑같은 시간에 로리도 뛰어나오는 게 아니겠어요?

우리는 그만 집 앞에서 그만 징통으로 박시기를 하고 말았지요.

화해는 어떻게 되었느냐고요?

그런 거 없었어요. 그냥 아파서 울다가 우스워서 웃다가…….

그러다 보니 다시 친해져 버렸거든요.

엄마, 힘내세요. 아빠께도 힘내시라고 전해 드리고요.

항상 엄마 아빠를 생각하는 둘째 딸 조 올림

한없이 착하기만 한 베스 역시 편지를 썼다.

보고 싶은 엄마!

이 편지지는 너무 작아서 제 마음을 다 보내 드릴 수가 없어요.

그래서 엄마 아빠가 오시면 드리려고 소중하게 간직해 두었던 제비꽃을 보내 드립니다.

저는 매일 아침 성경을 읽고 있어요.

그리고 밤이 되면 피아노를 치면서 찬송을 부르고요.

하지만 끝까지 부를 때는 그다지 많지 않아요.

눈물이 나서 중간에 멈추어 버릴 수밖에 없거든요.

엄마, 제 대신 아빠 뺨에 뽀뽀해 주세요.

하루빨리 병이 다 나을 수 있도록 말이에요.

아빠는 언제나 제가 뽀뽀해 드리는 걸 좋아하셨잖아요.

엄마, 힘내세요. 우리가 모두 응원하고 있어요.

평화의 천사 베스 올림

막내 에이미는 편지지가 뚫어지도록 힘을 주어가며 편지를 썼다.

엄마!

보고 싶어요.

그런데 참을래요.

아빠가 빨리 나아야 하니까요.

저는 요즘 언니들 말 아주 잘 들어요.

착한 막내가 되기로 했거든요.

그런데 속상한 일이 있어요.

로리 오빠가 자꾸만 병아리라고 놀려요.

제가 모르는 프랑스 말로 놀리는 바람에 기분이 나빠지기
도 해요.

메그 언니가 하늘색 원피스의 낡은 소매를 뜯어내고 새 옷
감으로 달아 줬어요.

그런데 소매만 너무 새것 같아서 이상해요.

그런데 투정 부리지 않았어요.

이제 그만 쓸래요.

편지 쓰느라 손이 아파서요.

엄마 아빠께 제 사랑을 반반씩 나눠 드릴게요.

예쁜 막내딸 에이미 올림

　모든 딸들이 엄마 아빠와 헤어져 있었지만, 마음만은 늘 함께였다. 편지를 주고받으며 언제나 하나라는 생각을 가질 수 있었던 것이다. 네 자매의 마음처럼 스산한 가을은 그렇게 깊어 가고 있었다.

평화의 천사 베스에게 생긴 일

엄마가 워싱턴으로 떠난 지 열흘 정도가 지난 어느 날이었다. 베스가 걱정스러운 표정을 하며 큰언니에게 말했다.

"언니, 하멜 아줌마 댁에 안 갈 거야? 엄마가 부탁하신 일인데……."

"오늘은 너무 피곤해. 다음에 갈래."

킹 씨네 아이들을 가르치느라 한나절 동안 모든 힘을 쏟아버린 메그가 고개를 절레절레 흔들었다.

"조 언니가 나랑 같이 가 주면 안 될까?"

큰언니한테 퇴짜를 맞은 베스의 시선이 조를 향했다.

"나는 아직 감기 기운이 남아 있잖아. 내가 가면 오히려 아이들한테 감기나 옮겨 주고 말걸!”

조 역시 감기 때문에 안 된다며 고개를 흔들곤 한마디 덧붙였다.

“그렇게 걱정되면 너 혼자 가 봐!”

그러자 베스가 대답했다.

“나는 매일 가 봤어. 그런데 갓난아이가 칭얼거리면 어떻게 해야 할지를 모르겠어서 함께 가자는 거야. 하멜 아줌마는 일하러 가고 없고……. 나도 머리가 아프고 몸이 이상해서 그런단 말야!”

며칠 전부터 몸 상태가 정상이 아니었지만, 베스는 하멜 아줌마댁에 가보지 않을 수 없었다. 이제 젖먹이인 갓난아이가 너무나 불쌍했기 때문이었다. 베스는 그날도 아이들에게 갖다 줄 물건을 챙겨 찬바람이 부는 거리로 나왔다.

그리고 하멜 아줌마네 집에 갔다가 아이들을 돌봐 준 다음 아줌마가 돌아온 이후에 집으로 왔다. 집 현관문을 열자 기운이 완전히 빠져 버린 베스는 가까스로 계단 손잡이를 잡고 비틀거리며 엄마 방으로 들어갔다. 그러나 자매들 중 베스를 본 사람은 아무도 없었다.

그리고 시간이 한참 흘렀다. 원고 때문에 다락방으로 올라가려던 조가 엄마 방에서 들려오는 이상한 신음 소리를 듣게 되었

다. 깜짝 놀라 달려가 보니 베스가 손에 약병을 든 채 쓰러져 있
었다.

"엄마야! 베스, 이게 어찌 된 일이니?"

조가 베스를 향해 달려들었다. 그러자 베스가 손을 가로저
었다.

"가까이 오지 마, 언니!"

"베스! 너 왜 그래? 왜 그러느냐고?"

"하멜 아줌마네 아기가 죽었어!"

베스가 어깨를 들썩이며 울기 시작했다. 그제야 낮에 있었던
일을 떠올린 조가 미안한 생각이 들어 말했다.

"얼마나 무서웠어? 미안하다. 내가 너랑 같이 갔어야 했는
데……."

"무섭기보다는 슬펐어. 내가 갔더니 아이는 울고 있었어. 그
래서 안아 주었는데 금세 울음을 그치고 잠이 들었어. 그리고
잠시 후에 잠에서 깨어나 울다가 바들바들 떨더니 조용해졌
어."

"그래서?"

"곧 하멜 아줌마랑 의사 선생님이 왔는데, 이미 늦었다
고……. 아기는 잠이 든 게 아니라 내 품에서 죽었던 거야. 의사
선생님은 아이가 성홍열에 걸렸는데 왜 병원에 오지 않았느냐

고 아줌마를 혼내고, 나한테도 혹시 병이 옮았을지 모르니 집에 가서 빨리 약을 먹으라고 했어. 그래서 엄마 방으로 들어와 약 상자를……."

베스가 눈물을 하염없이 흘렸다.

"베스, 넌 성홍열에 걸리지 않았을 거야!"

조가 베스를 와락 껴안으며 외쳤다. 조 역시 언젠가 메그와 함께 성홍열에 걸려 죽을 고비를 넘긴 적이 있었다. 그때를 생각하자 더럭 겁이 났다.

'베스가 병에 걸렸다면 그건 모두 내 책임이야!'

조는 속으로 그렇게 소리치고 있었다.

"약 상자에서 해열제 꺼내 먹었어. 그러니까 곧 괜찮아질 거야."

조의 품에 안긴 베스가 억지 미소를 지으며 말했다.

하지만 베스의 몸은 여전히 뜨거웠다. 조는 재빨리 아래층으로 내려가 한나 아줌마를 깨웠다. 소스라치게 놀란 한나 아줌마는 의사 선생님께 연락을 했고, 아직 성홍열을 앓지 않아 옮을 염려가 있는 막내 에이미를 고모님 댁으로 보냈다.

"베스는 내가 간호할 거야. 내가 제대로 보살피지 못했으니까……."

메그가 말했다. 하지만, 조 역시 마찬가지였다.

“아니, 내가 할 거야. 내가 하멜 아줌마 집에 갔었어야 했다고!”

그러자 베스가 말했다.

“큰언니는 킹 씨네 아이들 가정 교사 일을 해야 하잖아. 그러니까 조 언니가 옆에 있어 줘.”

그제야 메그가 포기를 하며 말했다.

“알았어. 그러면 나는 지금 에이미를 고모님 댁에 데려다 주고 올게.”

하지만 에이미는 막무가내였다. 호랑이보다 더 무서운 고모님 댁에는 절대로 가지 않겠다는 것이었다.

“고모님 댁에 가느니 차라리 성홍열에 걸려 버릴 거야!”

화가 난 메그가 야단을 쳐 보았지만 아무런 소용이 없었다. 그때 로리가 와서 에이미를 달랬다.

“에이미, 네가 고모님 댁에 가 있으면 내가 날마다 거기에 들러서 마차도 태워 주고 같이 산책도 해 주고 그럴게.”

“로리 오빠, 그거 정말이야?”

“그럼, 내가 언제 거짓말하는 거 봤니?”

그제야 에이미는 고집을 꺾었다. 바로 그때 의사 선생님이 도착했다. 그리고 베스를 진찰하더니 성홍열이 확실하지만 심한 상태는 아니라며 에이미에게도 예방약을 처방해 주었다.

메그는 곧 에이미를 데리고 고모님 댁으로 향했다. 갑자기 찾아온 두 사람을 본 고모님이 냉랭한 어조로 말했다.

"너희가 웬일이냐?"

메그가 자초지종을 설명해 주었다. 그러자 고모님은 쓸데없이 가난한 집에 드나들어 그런 일이 생겼다며 신경질을 부린 다음, 당분간 에이미와 함께 지내겠다고 허락해 주었다.

"그 대신 에이미는 조 대신 내 수발을 들어 줘야 해. 조도 없는데 그냥 놀게 할 수는 없단 말이지. 알았니?"

"네, 고모님!"

주눅이 든 에이미가 기어드는 목소리로 대답했다.

베스의 증상은 예상했던 것보다 훨씬 더 심각했다. 온몸이 불덩이처럼 끓어올라 정신을 차리지 못하고 헛소리를 할 정도였다. 그래서 메그는 킹 씨네 아이들에게도 병이 옮을까 봐 미리 연락을 한 다음 조와 함께 베스 간호를 도왔다.

"한나 아줌마, 엄마한테 알려야 하지 않을까요?"

하지만 아줌마는 고개를 저었다.

"괜히 엄마 마음만 아프게 하는 거야. 아빠 간호 때문에 오실 수도 없는데 걱정만 더하게 해 드리는 결과가 될 거란 말이지. 그러니까 우리끼리 간호해서 다 나은 다음에 연락하도록 하

자.”

메그 역시 아줌마 이야기를 듣고 나니 그게 옳겠다는 생각을 했다.

베스가 아프다는 소식을 들은 많은 이웃들이 문병을 왔다. 대부분이 가난하고 불쌍한 사람들이었다. 자매들은 누구보다 수줍음이 많은 베스가 언제 그 많은 이웃과 친하게 되었는지 어안이 벙벙했다.

“베스가 이렇게 된 건 모두 제 잘못이에요!”

하멜 아줌마 역시 눈물을 흘리며 날마다 문병을 와 주었다. 하지만 베스의 병세는 자꾸만 깊어지는 것 같았다. 의사 선생님이 하루에 두 번씩 왕진을 와 치료해 주었지만 별다른 차도가 없었다.

베스는 열이 심해지면 헛소리를 하기도 하고, 엄마를 애타게 부르기도 하다가 다시 잠이 들곤 했다. 죄책감에 시달리고 있던 조와 메그의 눈물은 한순간도 멈추지 않았다.

“아무래도 안 되겠어. 엄마한테 연락하자!”

메그가 말했다. 한나 아줌마도 더 이상 말리지 못했다. 그런데 바로 그때 엄마로부터 한 장의 전보가 도착했다. 아빠의 병세가 갑자기 나빠지는 바람에 예상보다 더 오래 워싱턴에 머무를 수밖에 없을 것 같다는 내용이었다.

그렇게 12월이 시작되었다.

다른 날에 비해 유난히 오랫동안 베스를 진찰하던 의사 선생님이 아무래도 엄마께 연락하는 것이 좋겠다는 얘기를 해 주었다. 메그와 조는 눈앞이 캄캄해졌다. 하지만, 엄마에게 전보를 보내기 위해 밖으로 뛰어나가지 않을 수 없었다.

조가 전보를 치고 집으로 돌아왔을 때, 로리도 뒤따라 집 안으로 들어왔다. 조는 흐르는 눈물을 참지 못하고 말했다.

"로리, 베스가 이젠 우리 얼굴도 못 알아봐. 이 일을 어쩌면 좋니? 엄마 아빠도 계시지 않은데, 베스를 이대로 죽게 할 수는 없어! 절대로 포기하지 않을 거야, 로리!"

"그래, 베스는 절대 죽지 않아. 베스처럼 착한 아이를 하느님이 서둘러 데려가신 이유기 없이!"

로리가 조를 위로해 주었다.

"그렇지? 우리 베스는 절대 죽지 않을 거야!"

"그럼! 이제 곧 너희 엄마도 오실 거니까 조금만 더 힘을 내라고!"

"우리 엄마가 오신다고? 그게 무슨 말이야? 엄마한테는 내가 조금 전에 전보를 치고 왔는데?"

조가 어안이 벙벙한 표정으로 물었다.

"어제 브룩 선생님이 연락해 왔는데, 너의 아빠 건강이 많이 좋아지셨대. 그래서 할아버지와 상의한 끝에 내가 곧바로 전보를 쳤어. 그러니 아마도 지금쯤 네 엄마는 기차 안에 계실 거야. 새벽 두 시쯤 도착하실 텐데, 그때 내가 마차를 타고 가서 모셔올 거야.”

“그게 정말이니?”

조는 좋아서 어쩔 줄 몰라 하며 한나 아줌마와 메그에게 그 소식을 알렸다. 엄마가 오신다는 소식은 모두에게 희망이었다. 적어도 엄마가 오시면 베스를 살릴 수 있을 것만 같았기 때문이었다.

그러나 베스는 여전히 정신을 잃은 채 누워 있었다.

“베스, 제발 조금만 더 기운을 내렴! 이제 곧 엄마가 도착하신단다.”

조가 베스의 손을 잡고 흐느꼈다. 하지만, 베스는 아무런 기척도 보이지 않았다. 죽음의 그림자가 자꾸만 베스의 이마에서 서성이는 것만 같았다.

“오, 하느님! 제발 우리 베스를 데려가지 마세요! 그렇게만 해 주신다면 두 번 다시 불평 같은 건 하지 않을게요. 네? 하느님!”

메그와 조는 그렇게 기도를 드렸다. 그러는 사이에도 시간은 흘러 새벽 한 시가 되었다. 로리는 마차를 끌고 기차역으로 엄

마를 마중 나갔다. 그런데 어찌 된 셈인지 두 시가 지나도 엄마
는 돌아오지 않았다.

'혹시 아빠 병이 다시 깊어져 못 오시는 걸까?'

조는 그런 생각에 가슴을 졸이며 창밖을 내다보고 있었다. 그
런데 침대에서 이상한 소리가 들려왔다. 화들짝 놀란 조가 고개
를 돌렸다. 메그가 침대 옆에서 무릎을 꿇고 앉아 기도를 하며
흐느끼고 있었다.

'혹시 베스가 죽은 거 아니야? 언니는 내게 그 말을 차마 하지
못하고 저렇게 흐느끼는지도 몰라!'

조는 갑자기 온몸에 소름이 끼치면서 솜털이 바싹 일어나는
것만 같았다. 놀란 가슴을 진정시키며 베스의 얼굴을 가만히 살
펴보니 지금까지와는 떠 달리져 있있다. 열 내문에 발갛게 달아
올랐던 얼굴이 창백해져 있었을 뿐만 아니라, 베스는 편안한 얼
굴로 눈을 감고 있었던 것이다.

"오, 하느님! 불쌍한 우리 베스, 잘 가! 나중에 하늘에서 다시
만나자!"

조는 베스의 이마에 입맞춤하면서 마지막 인사를 했다. 조의
울음소리에 깜짝 놀란 한나 아줌마가 베스의 가슴에 귀를 대 보
았다. 손목을 잡아 맥을 짚어보기도 했다.

"후유! 이제야 고비를 넘긴 것 같구나!"

한나 아줌마가 안도의 한숨을 내쉬며 말했다.

“그게 정말이세요? 한나 아줌마!”

“그럼, 이제 열도 내리고 숨소리도 고르잖니?”

“우와! 살았다! 우리 베스가 살았어!”

메그와 조의 고함 소리를 듣고 아래층에서 기다리고 있던 의사 선생님이 올라와 베스를 살펴보았다. 그리고 환한 얼굴로 말했다.

“이제 걱정하지 않아도 됩니다. 베스는 결국 이겨내고 말았어요. 앞으로 며칠간 안정만 취하면 건강해질 겁니다.”

“선생님, 감사합니다!

메그와 조는 서로 얼싸안고 팔짝팔짝 뛰었다. 그때 초인종이 울렸다.

“엄마다!”

메그와 조가 현관으로 뛰어 내려갔다. 아무것도 모른 채 오랫동안 잠에 빠져 있다가 눈을 뜬 베스가 처음 본 것은 엄마의 얼굴이었다.

“오, 내 딸 베스야!”

엄마가 베스를 힘껏 안아 주었다. 베스는 오랜만에 엄마 품에 안겨 깊은 잠 속으로 빠져들었다.

그동안 에이미는 고모님 댁에서 외롭고 쓸쓸한 나날을 보내고 있었다. 하지만 에이미는 고모님과 함께 지내면서 그동안 자신이 얼마나 많은 사랑을 받으며 편하게 살아왔는지를 깨닫게 되었다.

고모님은 한번도 에이미를 살갑게 대해주지 않았다. 오히려 언제나 까다로웠으며 아주 옛날 고모님이 받았던 엄격한 교육 방법을 그대로 적용해 집안일을 시키곤 했다.

그래서 에이미는 매일 아침이 되면 찻물을 끓이고, 찻잔을 닦아야 했으며, 수저와 그릇을 윤이 날 때까지 문질러야 했다. 또한, 저녁이 되면 고모님 옆에 앉아 책을 읽어 드려야 했는데, 고모님은 책 읽는 소리를 들으며 잠을 자는 버릇이 있었기 때문이었다.

에이미는 다른 때 같으면 집에 가겠나며 생떼를 부렸을 것이었다. 하지만 참을 수밖에 없었다. 날마다 로리가 와서 베스 언니의 병세가 얼마나 심각한지 알려 주었기 때문이었다.

"에이미가 아주 장하구나!"

에이미가 태어나기 전부터 고모님 댁에서 살아온 하녀 에스터 아줌마가 에이미를 감싸주었다. 그러던 어느 날, 에스터 아줌마가 고모님의 옷장을 구경시켜 주었다.

옷장 속에는 고모님이 젊었을 때 쓰던 값진 보석들이 가득 들어 있었다. 진주와 다이아몬드 반지도 있었고, 산호 목걸이를 비롯한 팔찌와 귀걸이 등 보석이라면 없는 것이 없을 지경이었다.

"에이미는 이 보석 중에서 하나를 가질 수 있다면 뭘 갖고 싶니?"

에스터 아줌마가 장난스럽게 물었다.

"다이아몬드 목걸이요. 내 목에 걸면 무척 예쁠 것 같아요. 색깔이 독특한 터키석 반지도 가졌으면 좋겠고요."

"그래? 정말 예쁘겠구나."

잠시 후, 고개를 갸웃거리던 에이미가 에스터 아줌마에게 물었다.

"그런데 만약에 고모님이 돌아가시면 이 보석들은 누가 갖나요?"

그러자 에스터 아줌마가 대답했다.

"음, 고모님한테는 자식이 하나도 없으니까 조카인 너희 자매들이 나누어 갖게 되지 않을까? 물론 유언장을 봐야 알겠지만 말이다. 그런데 며칠 전에 고모님이 혼잣말로 '우리 에이미가 날 잘 돌봐 줬으니 터키석 반지를 선물로 줄까?' 하고 중얼거리시더라. 그러니 어쩌면 네가 집에 갈 때 선물로 주실지도 몰라."

"그게 정말이에요?"

에이미는 무척 기뻤다. 그 터키석 반지가 너무나 마음에 들었던 것이다.

그런데 잠시 후, 에이미는 자신도 고모처럼 유언장을 써 두어야 되겠다는 생각을 하게 되었다. 고모처럼 값비싼 보석은 없지만, 자신이 죽게 되면 소중하게 여겼던 물건들을 사랑하는 사람들에게 골고루 나누어 주고 싶었기 때문이었다.

에이미는 에스터 아줌마에게 들은 내용들을 생각하며 유언장을 쓰기 시작했다. 그리고 증인으로 에스터 아줌마에게 서명을 부탁했다. 그래서 한 사람의 서명만 더 받으면 유언장은 완성되는 것이었다.

이튿날은 아침부터 비가 내리기 시작했다.

심심해진 에이미는 에스터 아줌마에게 허락을 받은 뒤 고모님의 옷장에서 분홍새 비단 드레스를 꺼내 입어 보았다. 그리고 머리에는 화려한 레이스가 잔뜩 달린 분홍 모자를 썼다. 그렇게 거울 앞에서 무게를 잡고 있을 때, 로리가 와서 인사를 했다.

"안녕? 에이미. 우와! 에이미가 몰라보게 예뻐졌네."

로리는 간신히 웃음을 참고 있었다. 순간적으로 창피한 생각이 든 에이미는 재빨리 옷을 갈아입고 로리 옆에 앉았다.

"그렇지 않아도 오빠를 기다리고 있었어."

"왜? 그럴 만한 이유라도 있었니?"

"여기에 서명을 좀 해 줘."

에이미는 로리 앞에 유언장을 불쑥 내밀었다.

"아니? 이건 유언장 아니야?"

"맞아. 내가 죽으면 내가 소중하게 여기던 것들을 나누어 주려고 그래."

로리는 어처구니가 없었지만, 에이미의 표정이 너무나 심각해 유언장을 읽어 볼 수밖에 없었다.

에이미 커티스 마치의 유언장

나 에이미는 세상을 떠난 후 내 물건을 다음 사람들에게 남긴다.

아빠께는 내 그림 중에서 가장 좋은 것과 예술품을 드린다. 또한, 좋은 일에 사용하시리라 믿기 때문에 저금해 둔 돈 100달러를 드린다.

엄마께는 내가 입었던 옷 전부와 내 초상화, 그리고 메달을 드린다.

메그 언니한테는 고모님이 만약에 내게 주신다면 터키석 반지를 드린다. 그리고 내가 가장 아끼던 초록 상자와 그 내용물을 드린다.

조 언니한테는 브로치와 청동 잉크병, 그리고 석고 토끼상을 드린다. 여기에는 언니의 원고를 태워 버린 사과의 뜻이 담겨 있기도 하다.

베스 언니가 이번 성홍열을 이겨내고 나보다 오래 산다면 인형과 작은 옷장, 그리고 부채와 슬리퍼를 드린다.

내 친구이자 이웃집 오빠 로리에게는 내 스케치북과 찰흙으로 빚은 망아지를 드린다. 그리고 늘 나를 위로해 준 대가로 내 그림 중에서 가장 마음에 드는 것, 이를테면 노트르담이 가장 좋을 것 같으니 그것을 한 장 드린다.

존경하는 로렌스 할아버지께는 뚜껑에 거울이 달린 빨간색 상자와 그 내용물을 드린다. 그 상자는 여러 물건을 담을 때 쓰시면서 예쁘고 귀여웠던 이웃집 소녀 에이미를 기억해 주시면 하는 비람이 있다.

한나 아줌마께는 내 옷상자와 예쁜 조각보를 드린다. 그것을 보실 때마다 나를 생각해 주셨으면 좋겠다.

이상으로 내 소중한 물건들을 나누어 드리니 불평이 없었으면 좋겠다.

그리고 앞으로는 이 세상에 없는 나에 대한 나쁜 기억은 다 잊고, 잘못이 있었다면 모두 용서해 주셨으면 더욱 좋겠다.

그럼 하늘나라에서 뵙겠습니다. 안녕!

작성인 – 에이미 커티스 마치

보증인 – 에스터 베르노아, 로리 로렌스

유언장을 다 읽은 로리가 말했다.

"에이미, 어떻게 이런 생각을 하게 되었지? 너도 베스가 자신이 갖고 있던 물건을 다른 사람들한테 나누어 준 얘기를 들은 거야?"

"언니가 뭘 어떻게 했는데?"

"베스는 며칠 전에 아주 위험한 상황까지 갔었어. 그런데 그때 조에게 말했단다. 피아노는 메그, 고양이는 에이미, 조안나 인형은 조한테 주라고 하면서 나머지 사람들한테는 줄 것이 없어 죄송하다며 머리카락을 조금씩 잘라서 나누어 주라고 했단다."

"지금은 어때? 지금도 위험한 상황이야?"

"계속 자고 있어. 하여튼 희망을 갖자."

로리가 에이미의 머리를 쓰다듬어 주었다. 에이미는 로리가 친오빠 같은 생각이 들어 기분이 좋았다. 로리가 돌아간 다음, 에이미는 2층에 있는 방으로 올라가 병석에 누워 있는 베스 언니를 위해 오랫동안 눈물의 기도를 드렸다.

그러던 어느 날, 에이미는 늘 그랬던 것처럼 고모님의 차 심부름도 해 드리고 책도 읽어 드렸다. 맨 처음 고모님 댁에 왔을 때는 억지로 하느라 얼굴이 밝지 않았지만, 날마다 하다 보니 익숙해져서 큰 불편을 느끼지 못할 정도가 되었다.

"우리 에이미가 이젠 숙녀가 다 되었어!"

고모님이 칭찬해 주었다. 지금까지 누군가를 칭찬한 적이 없었던 고모님이었다. 그런데 에이미와 함께 지내면서 동심을 찾게 되었고, 조금씩 성격이 변한 것이었다.

"에이미, 그동안 고모 때문에 고생 많이 했으니 선물을 주마."

고모님이 에이미의 손가락에 터키석 반지를 끼워 주었다.

"고모님, 감사합니다!"

에이미는 고모님이 목에 메달려 기쁨의 인사를 했다. 평상시 같으면 상상조차 할 수 없는 일이었다. 옆에서 그런 모습을 지켜보고 있던 에스터 아줌마의 입가에 미소가 번지고 있었다.

그날 오후, 에이미는 로리로부터 엄마가 오셨다는 소식을 들었다.

"그게 정말이야?"

"그래, 내가 새벽에 기차역에 가서 모시고 왔는걸!"

에이미는 당장 집으로 달려가 엄마를 보고 싶었다. 하지만 언니가 아픈 걸 생각하며 참을 수밖에 없었다. 그 대신 방으로 올

라가 엄마에게 편지를 쓰기 시작했다.

그리고 편지를 보내려고 2층에서 내려올 때였다. 에이미는 고모님 댁에서 지내는 동안 숙녀처럼 행동했던 것도 까맣게 잊고는 큰 소리로 외치고 말았다.

"엄마!"

에이미는 단숨에 엄마 품으로 달려가 안겼다. 엄마 역시 에이미를 꼭 안아 주면서 입맞춤을 해 주었다.

"우리 막내딸이 많이 의젓해졌구나. 숙녀가 다 된 것 같은데?"

엄마의 그 한마디는 고모님 댁에서 힘들었던 일들을 순식간에 잊어버리게 했다. 그래서 다시 막내로 돌아가 재잘거렸다.

"엄마, 고모님이 이 반지를 선물로 주셨어요."

에이미는 그 이외에도 그동안 자신에게 벌어졌던 수많은 이야기를 들려주었다. 심지어는 고모님께 야단을 맞고 혼자서 울던 얘기까지 숨기지 않았다.

"그런데 에이미, 네가 그런 반지를 끼기에는 너무 어리지 않나 싶다."

에이미가 대답했다.

"저는 이 반지를 멋으로 끼는 게 아니에요."

"그럼?"

“그동안 제가 얼마나 투정을 많이 부리며 살았는지 반성하게 하는 반지거든요.”

엄마는 아무 말 없이 에이미를 꼭 껴안아 주었다. 그리고 베스가 좀 더 나으면 데리러 오겠다는 얘기와 함께 집으로 돌아갔다.

그날 밤, 조는 엄마에게 소곤거리는 목소리로 말했다.

“엄마, 아무래도 브룩 선생님이 메그 언니를 좋아하는 것 같은데 어떡하면 좋아요? 언니 손수건까지 몰래 갖고 있었대요, 글쎄!”

조는 그동안 베스가 아픈 바람에 그 생각을 까맣게 잊고 있었다. 그런데 모든 것이 정상으로 돌아오는 듯한 기미가 보이자 그 생각이 떠올랐던 것이다. 그런데 엄마는 별문제가 아니라는 듯 입가에 미소를 머금더니 한참만에 입을 열었다.

“그래? 그럼 혹시 메그도 존을 좋아하는 것 같니?”

“존이라니요? 그게 누군데요?”

“아 참, 엄마와 아빠는 병원에서 브룩 선생을 존이라고 불렀단다.”

“헉! 그러면 엄마도 그 사람 편이에요? 언니랑 결혼하기 위해 엄마 아빠 비위를 맞추는 그 브룩 씨 편이 되어 버린 거냐고요?”

조가 빈정거리는 투로 말했다.

“조, 나는 존이 그렇게 나쁜 사람이라는 생각을 해 본 적이 없
단다. 게다가 존은 우리 메그를 사랑하고 있다고 솔직하게 고백
하더구나.”

“그래서 엄마는 메그 언니가 가난뱅이한테 시집가기를 원하
세요?”

조의 말에는 여전히 가시가 박혀 있었다.

“물론 내 딸이 가난하게 살기를 바라지는 않지. 하지만 결혼
생활이란 돈이 많다고 해서 반드시 행복한 건 아니란다. 돈보다
더 중요한 건 사랑이기 때문이야. 존은 착하고 부지런한 사람이
라는 생각이 들더라. 그래서 만약에 두 사람이 결혼한다면 행복
하게 잘 살 거라 믿어.”

엄마의 마음을 돌릴 수 없다고 생각한 그는 심통이 더 났다. 까
닭은 알 수 없지만 조는 브룩 씨가 마음에 들지 않았던 것이다.

행복한 작은 아씨들

다음 날까지 심통이 풀리지 않은 조는 콧바람을 씩씩거리며 로리를 찾아갔다. 베스의 간호는 엄마가 맡게 되어 모처럼 산책도 하고 바람도 쐴 수 있게 되었기 때문이었다.

"조, 표정이 왜 그래?"

"내가 뭘 어때서 그러니?"

"엄마도 오시고 베스도 좋아지고 있는데, 네 표정은 영 아닌 거 같은데?"

로리가 꼬치꼬치 캐물었지만 조는 아무 말도 하지 않았다. 그러자 눈치 빠른 로리는 조가 심통을 부리고 있는 이유가 메그와 브룩 선생님 때문이라고 확신했다.

그리고 며칠 후, 메그는 워싱턴에 있는 브룩 씨에게 편지 한
통을 받았다.

사랑하는 메그.

이제 나는 당신을 사랑하는 내 마음을 숨길 수가 없습니다.

나는 아름답고 순수한 당신과 결혼하고 싶습니다.

부디 내 간절한 마음을 받아 주시기 바랍니다.

당신을 사랑하는 존

전혀 예상하지 못했던 청혼 편지를 받은 메그는 그날부터 모
든 것이 달라졌다. 누가 말만 걸어도 찔끔 놀라는가 하면, 얼굴
만 마주쳐도 얼굴이 홍당무처럼 빨개지기도 했다. 또한, 시도
때도 없이 멍하게 하늘을 쳐다보기도 하는 것이었다.

그렇게 며칠 동안 고민을 거듭하던 메그가 브룩 씨에게 답장
을 썼다.

존 브룩 씨께.

편지 잘 받았습니다.

그리고 며칠 동안 깊이 생각해 보았습니다.

하지만 저는 아직 결혼을 하기에 어린 나이라는 생각이 들었습니다.

또한, 결혼 문제라면 부모님과 먼저 의논하시는 게 순서가 아닐까 싶습니다.

저희 가족에게 베풀어 주신 은혜는 늘 감사하게 생각하고 있습니다.

저는 앞으로도 브룩 씨와 좋은 친구로 지내고 싶습니다.

당신의 친구 메그 드림

그리고 며칠 후, 메그가 파랗게 질린 얼굴로 뛰어들어왔다. 평상시의 얌전하고 차분하던 그런 메그가 아닌, 완전히 다른 사람 같은 모습이었다.

"조! 조, 도대체 어디 있어?"

메그가 단숨에 2층으로 뛰어올라갔다.

"메그, 왜 그러니? 무슨 일 있어?"

깜짝 놀란 엄마가 물었다. 다락방에서 원고를 쓰고 있던 조 역시 어리둥절한 표정으로 방에서 나왔다.

"조! 세상에 어떻게 그런 장난을 할 수 있어?"

"언니, 도대체 왜 그래? 내가 뭘 어쨌는데?"

"다 거짓이었어! 그건 존이 보낸 편지가 아니었다고!"

메그가 손에 든 편지를 흔들며 울부짖었다. 엄마와 조는 재빨리 그 편지를 읽어보았다.

메그 씨에게.

당신이 보낸 편지를 받고 무척 당황했습니다.

저는 당신에게 청혼의 편지를 보낸 적이 없습니다.

혹시 말괄량이 조가 장난을 한 게 아닌가 싶습니다.

우리 두 사람 문제에 다른 사람이 끼어든 건 유감입니다.

하지만 가까운 시일 내에 만나야 할 것 같군요.

만나서 자세한 이야기 나누기로 하지요.

존 브룩 드림

편지를 읽은 엄마 역시 조를 날카롭게 노려보았다.

"조, 이런 문제는 장난할 성질의 것이 아니야. 두 사람의 인생이 달린 중요한 문제란 말이다."

당황한 조가 손사래를 치며 외쳤다.

"절대로, 절대로 내가 한 거 아니에요! 정말로요!"

"그럼 누가 그런 장난을 했단 말이냐?"

“혹시 로리가? 로리가 브룩 씨 편지를 언니한테 전해 줬잖아?”

“그렇다면 당장 로리를 데려오너라.”

엄마는 여전히 싸늘한 얼굴이었다. 조 역시 로리를 데리러 가면서 솟아오르는 분노를 참을 수가 없었다. 비록 브룩 씨가 마음에 들지는 않았지만, 그런 방법으로 언니를 망신 줄 생각은 조금도 없었기 때문이었다.

“도저히 용서할 수 없어!”

로리는 조 엄마 앞에 불려온 것이 장난 편지 때문이라는 사실을 알고는 빨개진 얼굴로 어찌할 바를 모르고 있었다.

“죄송합니다. 모두 제가 한 짓입니다. 그런데 일이 이렇게 커져 버릴 줄은 몰랐어요. 그냥 메그를 놀려 주려고 한 건데…….”

“뭐라고? 놀려 주고 싶었다고? 우리 언니가 브룩 씨한테 얼굴을 들 수 없을 만큼 망신을 당했는데, 이게 장난이야?”

조가 온몸을 부르르 떨며 고함을 질러댔다.

“미안해. 하지만 브룩 선생님은 아무것도 모르고 있어. 브룩 선생이 쓴 편지도, 메그가 보낸 답장도 내가 다 갖고 있으니까 말야. 어쨌든 다시는 이런 장난 하지 않을 테니 한 번만 용서해 줘. 응?”

로리의 말을 들은 엄마와 메그, 그리고 조는 어이가 없었다.

그리고 한편으로는 브룩 씨가 아무것도 모르는 것이 다행이라는 생각도 했다. 잠시 후 정신을 가다듬은 엄마가 말했다.

"어쨌든 다행이다. 하지만 이 일은 우리끼리 비밀로 하자. 그리고 로리가 저렇게 사과를 했으니 용서해 주면 안 되겠니?"

그러자 메그가 말했다.

"엄마 때문에 참는 거다. 너랑은 평생 절교하려고 했었거든."

그때 엄마가 넌지시 물었다.

"메그, 그런데 답장은 뭐라고 썼니?"

얼굴이 빨개진 메그가 어쩔 수 없이 대답했다.

"결혼은 너무 이른 거 같다고……. 그러니까 부모님과 상의하는 게 좋지 않겠느냐고 했어요."

메그의 마음은 그렇게 가족들과 로리에게 들키고 밀었다. 임마의 입가에 흐뭇한 미소가 번졌다. 조 역시 그제야 지난 일주일 동안 언니가 안절부절못하는 이유를 알 수 있었다.

그리고 한 달이 지났다.

베스는 이제 얼굴이 정상으로 보일 만큼 회복되고 있었다. 무엇보다 베스에게 기운을 차리게 한 건 새해가 되면 아빠가 돌아오신다는 소식을 들었기 때문이었다.

"베스, 언니랑 산책하자."

조가 오랫동안 누워 있던 베스를 데리고 산책길에 나섰다. 그 모습을 본 이웃 사람들이 반갑게 인사를 해 주었다. 그리고 베스가 기운을 되찾아 가자 고모님 댁에 가 있던 에이미도 집으로 돌아왔다.

그러는 사이에 크리스마스가 되었다. 하지만 일 년 전에 비해 달라진 것은 하나도 없었다. 어디를 봐도 멋진 선물 하나 없었지만 네 자매는 선물 때문에 속상해하지 않았다. 온 가족의 건강이 얼마나 큰 축복인지를 알게 되었기 때문이었다.

"메리 크리스마스!"

가족들 모두가 서로에게 크리스마스 인사를 했다. 그때 조가 모든 가족을 베스가 있는 2층 방으로 모이게 했다. 그리고 큰 소리로 외쳤다.

"베스, 로리랑 내가 만든 크리스마스 선물이다!"

그렇게 말을 한 조가 2층 창문을 활짝 열었다.

창 밖에는 엄청나게 큰 눈사람이 한 손에는 꽃바구니를, 다른 한 손에는 악보를 들고 서 있었다.

"언니! 이렇게 멋진 크리스마스 선물은 처음이야! 이제 나는 아빠만 돌아오시면 더 이상 바랄 게 없어!"

베스가 눈물을 글썽이며 고마움을 표했다.

그날 선물을 받은 사람은 베스 뿐만이 아니었다. 에이미는 성모 마리아와 아기 예수 그림이 들어 있는 액자를, 조는 오랫동안 갖고 싶었던 소설책 두 권을, 그리고 메그는 아름다운 실크 드레스를 선물로 받았다. 로렌스 할아버지가 이웃 소녀들을 위해 준비한 것이었다.

"고맙다. 정말 예쁘구나."

엄마 역시 네 딸에게 선물로 받은 브로치를 만지며 말했다. 크리스마스 아침이 그렇게 지나고 있었다.

"이럴 때 아빠가 계신다면 얼마나 행복할까?"

조가 혼잣말처럼 중얼거렸다. 그러자 엄마가 달래듯 말했다.

"이제 얼마 남지 않았어. 곧 새해가 될 테고, 그러면 아빠도 돌아오실 테니 말이다."

비로 그때 현관문이 열리며 로리가 큰 소리로 외쳤다.

"마치 가족 여러분! 여러분 모두가 손꼽아 기다리시던 크리스마스 선물이 드디어 도착했습니다! 박수로 환영해 주세요."

로리의 말이 끝나자마자 긴 외투에 목도리로 얼굴을 감싼 남자가 다른 한 남자의 부축을 받으며 집 안으로 들어서기 시작했다. 한 사람은 네 자매의 아빠였고, 나머지 한 사람은 브룩 씨였다.

"아빠다! 아빠가 오셨어!"

모두들 워싱턴의 한 병원에서 쓸쓸하게 크리스마스를 맞이

할 것이라고 생각하고 있던 아빠가 집으로 돌아온 것이었다.

메그는 너무나 기뻐 아빠를 잠시 안고 나서는 사람들이 보고 있는 것도 잊은 채 브룩 씨의 손을 잡고 어쩔 줄을 몰라 했다. 조는 흥분한 나머지 정신을 잃을 뻔했으며, 에이미는 너무 서두르다 넘어지는 바람에 강아지처럼 기어서 아빠한테 다가갔다.

"얘들아, 베스가 아직 일어나지 않았잖니. 그러니까 조금만……."

하지만 엄마의 말이 채 끝나기도 전에 베스가 계단을 내려오고 있었다.

"아빠! 보고 싶었어요!"

베스는 온 힘을 다해 아빠에게 달려가 와락 안겼다.

"오! 사랑하는 내 딸, 평화의 천사야!"

그리고 아빠는 모든 가족에게 차분하게 인사를 건넸다.

"사실은 새해가 되면 돌아올 생각이었지. 그런데 건강이 많이 좋아진 데다 날씨도 맑아서 의사 선생님이 보내주시더구나. 내가 이렇게 올 수 있었던 건 모두 존 덕분이란다."

아빠가 브룩 씨를 애정 어린 시선으로 바라보았다.

그날 밤, 크리스마스 파티에는 로렌스 할아버지와 브룩 선생님, 그리고 로리가 초대되었다. 모두들 즐거운 마음으로 음식을 먹으며 파티를 즐기고 있었는데, 조는 가끔씩 브룩 씨를 못마땅

한 눈초리로 흘겨보곤 했다. 조만간 사랑하는 언니를 빼앗아 갈 지도 모른다는 생각을 했기 때문이었다.

로리는 그런 조를 재미있다는 듯한 표정으로 바라보고 있었다.

다음 날부터 네 자매는 서로 아빠의 시중을 들기 위해 순서를 정해야 할 정도였다. 아빠는 그런 딸들을 보면서 마냥 행복한 표정을 지었다. 가족들은 그렇게 행복한 나날을 보내고 있었다.

그런데 유독 메그만은 달랐다.

늘 초조한 듯한 기색을 보이며 초인종 소리만 나도 깜짝깜짝 놀라는 것이었다. 게다가 누군가 브룩 씨 이름만 꺼내도 얼굴이 홍당무처럼 빨개지곤 했다. 조는 그런 언니가 마음에 들지 않았다.

그러던 어느 날, 조는 언니의 속마음은 어떤 것인지 속 시원하게 물어보기로 작정했다. 그래서 메그 언니에게 단도직입적으로 물었다.

"언니, 브룩 씨 좋아해?"

갑작스러운 질문에 얼굴이 빨개진 메그가 말했다.

"조, 제발 놀리지 마. 난 아직 그분을 좋아한다는 말 한 적 없어."

“그런데 우리 언니가 요즘 왜 딴사람 같을까? 그래서 난 언니가 벌써 아주 멀리 가 버린 기분이란 말야! 그러니까 차라리 빨리 결정을 하란 말이야!”

“아무리 그렇다 하더라도 내가 먼저 얘기를 꺼낼 수는 없잖니?”

“브룩 씨가 먼저 말을 꺼낸다 하더라도 언니는 떨려서 제대로 대답도 못할 거면서 뭘 그래?”

“조, 그렇지 않아. 당신은 좋은 분이지만 아직은 내 나이가 어리니 약혼보다는 친구로 지내고 싶다고 당당하게 말할 거라고!”

그런데 공교롭게도 바로 그때 초인종이 울리면서 브룩 씨가 들어왔다.

“안녕하세요? 아버님 건강은 좀 어떠신지 궁금해서 왔습니다.”

조가 재빨리 아빠 방으로 들어갔다. 그러자 메그는 조금 전의 당당했던 말과는 달리 모기만한 목소리로 말했다.

“엄마가 기뻐하실 거예요. 엄마를 모셔 올게요.”

그러자 브룩 씨가 다급한 목소리로 말했다.

“메그 양, 잠깐만요! 제가 그렇게 무서운가요?”

“무섭다니요? 그렇지 않아요. 저희 아빠를 위해 얼마나 많은 친절을 베풀어주신 분인데……. 뭐라고 감사의 말씀을 드려야 할지 모르겠어요."

"그렇다면 제가 가르쳐 드릴까요?"

브룩 씨가 메그의 손을 붙잡았다. 그리고 사랑이 가득한 시선으로 메그를 바라보았다.

"저는 진심으로 당신을 사랑하고 있습니다. 그런데 당신은 저를 어떻게 생각하고 있는지, 그것을 알고 싶습니다."

메그의 눈빛이 심하게 흔들리기 시작했다. 그리고 떨리는 목소리로 겨우 말했다.

"저는 아직 어려서 잘 모르겠어요……."

그러자 브룩 씨가 다시 입을 열었다.

"그러면 기다릴게요. 당신이 저를 사랑할 때까지 기다리겠습니다."

바로 그때 현관문이 열리면서 고모님이 들어왔다. 메그는 너무나 놀라 미처 인사도 하지 못했다. 브룩 씨 역시 당황한 나머지 서재로 들어가 버렸다.

"메그! 저 청년은 누구냐?"

고모님이 지팡이로 마룻바닥을 탕탕 치며 크게 소리를 질렀다.

"그동안 아빠를 간호해 드렸던 브룩 씨에요."

“그러니까 로리라는 아이의 가정 교사구나. 그렇다면 너 혹
시 저 가난한 청년의 청혼을 받아들인 거냐? 그렇다면 너한테
는 내 재산을 단 한 푼도 물려줄 수 없다!”

고모님이 단호하게 선언했다. 그러자 울컥한 마음에 용기가
생긴 메그가 당당한 목소리로 외쳤다.

“저는 누가 뭐래도 제가 좋아하는 사람과 결혼할 거예요. 고
모님 재산 따위에는 전혀 관심이 없다고요!”

“오냐, 그래! 가난뱅이와 결혼해서 평생을 오두막에서 살아
도 좋단 말이냐?”

“저는 사랑하지 않는 사람과 대궐 같은 집에서 사느니, 사랑
하는 사람과 가난하게 사는 편이 더 행복하다고 생각해요.”

아직껏 한 번도 어른들 말씀에 대들어 본 적이 없는 메그였
다. 그런 메그가 다른 사람도 아닌 호랑이 고모님에게 말대꾸를
하고 있었다.

“어리석은 것! 브룩 선생은 널 좋아하는 게 아니야. 부자 고
모가 있다는 말을 듣고는 너와 결혼하려고 하는 거란 말이다!”

“브룩 씨는 절대 그런 분이 아니에요! 우리 두 사람은 서로
진심으로 사랑하고 있단 말이에요, 고모님!”

그렇게 말을 한 메그는 스스로도 놀라고 있었다.

“알았다. 그러면 이것으로 우리 인연은 끝이다! 앞으로는 나

를 고모라고 부르지도 마. 나 역시 너 같은 조카는 없다고 생각할 테니……."

불같이 화를 낸 고모는 아빠의 문병을 온 것조차 잊고는 그대로 마차를 타고 돌아가 버렸다. 혼자 남은 메그는 멍하니 그 자리에 서 있었다. 그때 서재에서 모든 이야기를 듣고 있던 브룩 씨가 나왔다.

"고마워요, 메그. 그리고 그 고모님께 감사드려야 하겠네요. 당신이 나를 사랑하고 있다는 사실을 알게 해 주셨으니까요."

메그가 대답했다.

"저도 고모님이 당신을 나쁘게 말하기 전까지는 제 마음을 몰랐어요."

"그럼 저하고 결혼해 주시는 건가요?"

"네. 그럴게요, 존!"

고모님이 다시 집 밖으로 나가자 조는 살그머니 아래층으로 내려왔다. 메그 언니에게 거절당한 브룩 씨의 표정을 보기 위해서였다. 그런데 어찌 된 셈인지 두 사람은 그 어느 때보다 다정한 모습으로 이야기를 나누고 있었다.

조가 다가서자 브룩 씨가 환하게 웃으며 조의 뺨에 입을 맞추며 말했다.

"조, 우리 두 사람을 축하해 줄래?"

조는 정신을 차릴 수가 없었다. 그래서 고개를 절레절레 흔들면서 2층으로 뛰어 올라가 고래고래 소리를 질렀다.

"엄마 아빠! 빨리 아래층으로 내려가 보세요! 언니랑 브룩 씨가 결혼하겠다네요! 빨리요!"

"뭐라고? 그게 사실이냐?"

엄마와 아빠는 얼굴을 마주 보며 환하게 웃었다. 그리고 아래층으로 내려갔다. 방으로 들어간 조는 침대 위에서 뒹굴며 여전히 알아들을 수 없는 소리를 질러대고 있었다.

그날 오후, 네 자매를 거실로 모이게 한 아빠가 입을 열었다.

"사랑하는 내 딸들아. 조금 전에 메그와 존의 결혼을 허락했단다."

아빠의 목소리가 가늘게 떨리고 있었다. 그리고 아빠는 두 사람이 약혼을 한 뒤 2년 후에 결혼식을 올리게 될 것이라고 말했다.

공식적으로 결혼 허락이 떨어지자, 평소에 그다지 말이 없던 브룩 씨가 자신의 장래 계획에 대해서 이야기하기 시작했다. 평생 말만 하며 살았던 사람처럼 브룩 씨는 논리 정연하게 자신의 이야기를 펼쳐 나가는 것이었다. 메그는 브룩 씨 옆에서 행복한 미소를 머금고 있었다.

조는 더 이상 어쩔 수 없다는 것을 알았다. 특히 메그 언니가 브룩 씨를 진심으로 사랑하고 있다는 사실을 알고는 자신의 마음을 바꾸기로 결심했다. 모든 가족이 모여 이야기를 나누고 있을 때, 로리가 꽃다발을 한 아름 안고 나타났다.

"메그, 축하해!"

로리는 축하의 말과 함께 '존 브룩 부인께'라고 쓴 카드와 꽃다발을 메그에게 안겨 주었다.

그날 밤, 네 자매의 가족들은 많은 이야기를 나누었다. 엄마 아빠는 20여 년 전 자신들이 처음 만났을 때를 떠올리며 이야기꽃을 피웠고, 에이미는 오늘 새로 탄생한 연인을 스케치북에 담고 있었으며, 베스는 벽난로 앞에 앉아 로렌스 할아버지와 귀엣말을 주고받는 중이었다.

조는 가족들 한 사람 한 사람을 찬찬히 바라보았다. 그리고 비록 부자는 아니지만, 행복한 가정의 모습이란 바로 이런 것이 아닌가 하는 생각을 했다.

작은 아씨들

◆ 작품 소개

미국의 작가 올컷의 자전적 이야기가 담긴 장편 소설

미국의 소설가 올컷(Louisa May Alcott)이 1868년 발표한 장편 소설이다. 같은 해 5월부터 7월까지 두 달 만에 1권을 완성해 출간한 뒤, 같은 해 말《굿 와이브즈 Good Wives》란 제목으로 2권을 출간하였다. 각기의 자전적인 이야기를 담고 있는 이 작품은 성격이 다른 네 자매가 어려운 환경 속에서도 자신들의 꿈을 키우면서 아름답고 당당하게 성장해 가는 모습을 따뜻하면서도 감동적으로 그리고 있다.

1869년 4월 1, 2권을 묶은 합본이 출간된 뒤, 14개월 만에 3만 부 이상이 팔렸고, 출간과 동시에 평론가들의 호평을 받았다. 올컷은 이 작품 하나로 미국의 대표적인 여성 작가로 떠올랐으며,《작은 아씨들》은 세계 각국의 언어로 번역되어 지금까지 청소년의 필독서이자 세계 명작 가운데 하나로 읽히고 있다.

파산했지만 청교도 정신이 살아 있는 가정에서 네 자매가 씩씩하게 살아가는 이야기이다. 아버지가 1년 동안 남북전쟁에 나가 있는 동안 자상한 어머니와 네 자매는 부유한 이웃들이 지켜보는 가운데 스스로의 힘으로 삶을 꾸려 나간다. 그들은 이따금 날아드는 편지와 연극, 이웃들의 친절과 심술, 자매의 꿈과 야망으로 지루할 새가 없다. 네 자매는 각기 인생의 중요한 것을 알고 찾아간다. 속편에 가면 메그는 결혼하여 집을 떠나고, 조는 글쓰기 공부에 빠지고, 베스는 갑작스레 세상을 떠나고, 에이미는 예기치 못한 사랑에 빠진다. 이 과정에서 네 자매는 소녀 시절을 마감하고 여인으로 한 걸음씩 나아간다. 이웃집 로리와의 우정과 로렌스 할아버지 등 이웃들 사이에 오가는 잔잔하고 감동적인 이야기도 작품 곳곳에서 펼쳐진다.

메그_ 아름답고 차분하면서도 허영심이 있는 맏딸이다.

조_ 남성적이고 활달하면서도 재기 넘치는 작가 지망생이다.

베스_ 수줍음이 많지만 헌신적이고 단정한 셋째 딸로 병약하다.

에이미_ 귀엽고 사랑스러우며 멋 내기를 좋아하는 넷째 딸이다.

◆ **들어가기**

루이자 메이 올컷(1832~1888)이 《작은 아씨들》을 출간하기 전만
해도 미국에서 아동 문학은 아직 걸음마 단계에 머물러 있었다.
그러나 앨콧이 이 소설을 발표하면서 아동 문학은 새로운 방향으
로 나아가게 되었다. 무엇보다도 이 작품은 비단 나이 어린 청소
년들만이 읽는 작품이 아니다. 비록 아동을 대상 독자로 삼고 있
지만 이 작품은 신체적 나이와는 관계없이 마음이 젊은 독자라
면 누구나 읽고 감명 받을 수 있다. 이 작품이 처음 출간되었을
무렵 한 비평가는 이 소설을 두고 '여섯 살부터 예순 살에 이르기
까지 젊은이의 마음을 움직일 수 있는 그야말로 가장 뛰어난 작
품'이라고 찬사를 아끼지 않았다.

　더구나 올컷은 《작은 아씨들》을 좁게는 청소년 독자, 넓게는
마음이 젊은 성인 독자를 대상으로 삼되 여성 독자에 국한시켰
다. 지금까지 아동 문학은 주로 사내아이를 주인공을 삼고 사내

아이들을 위한 작품이 주류를 이루고 있었다. 그러나 올컷은 이 작품에서 처음으로 여자아이들을 주인공으로 삼았을 뿐만 아니라 여자아이들을 위한 작품을 썼다. 이 작품의 제목에서 '아씨들'이라는 말에 특별히 주목해야 하는 까닭이 바로 여기에 있다.

《작은 아씨들》은 그동안 미국은 말할 것도 없고 세계 여러 나라에서 영화, 연극, 만화, 애니메이션 등으로 만들어져 큰 사랑을 받아 왔다. 특히 MGM 영화사는 1933년과 1949년 두 차례에 걸쳐 이 작품을 영화로 만들어 남녀노소 구분 없이 큰 감명을 주었다.

◆ **작품의 배경과 소재**

올컷은 《작은 아씨들》을 1868년과 그 이듬해에 걸쳐 두 권으로 출간하였다. 첫 권인 《작은 아씨들》은 부제 그대로 마치 집안의 네 자매 메그, 조, 베스, 에이미의 이야기를 다룬 소설로 출간되자마자 상업적으로뿐만 아니라 비평가들한테서도 좋은 평가를 받았다. 그러자 올컷은 이듬해 속편으로 《좋은 아내들》을 출간하였다. 이 책도 성공을 거두자 올컷은 1880년에 책을 한데 묶어 한 권으로 출간하면서 제목을 《작은 아씨들》이라고 붙였다. 그 뒤 올컷은 《작은 소년들》(1871)과 《조의 아들들》(1886)의 후속작을 두 편 더 발표하였다.

《작은 아씨들》은 19세기 중엽의 동북부 미국, 그중에서도 매사추세츠 주 보스턴 근교 콩코드 마을을 중심 배경으로 삼는다. 미국이 급속도로 산업화되면서 빛이 많이 바랬다고는 하지만 이 지역에서 청교도는 아직도 큰 힘을 발휘하고 있었다. 그러므로 청교도 정신이나 청교도주의는 이 작품을 이해하는 데 중요한 열쇠가 된다. 또한 성서나 대표적인 개신교 문학 작품이라고 할 수 있는 존 번연의《천로역정》에서 많은 영향을 받았다는 것을 쉽게 알 수 있다.

올컷은《작은 아씨들》을 집필하면서 자신의 가족을 비롯하여 그 주변 사람들과 그들에게 일어난 크고 작은 사건에서 플롯을 빌려온다. 특히 작가는 자신의 어린 시절을 토대로 이 소설을 썼다. 예를 들어 경제적으로 넉넉하지는 않지만 낙천적으로 화목하게 가정을 꾸려 가는 가족 공동체를 중심 플롯으로 다룬다는 점에서도 그러하고, 한 집안의 네 자매를 중심으로 사건이 전개된다는 점에서도 그러하다. 특히 주인공 조는 여러모로 올컷 자신의 분신과도 같다. 다시 말해서 이 작품은 자전적 소설의 성격이 아주 강하다.

이 소설에는 성격이 다른 마치 집안의 네 자매 이야기가 중심 플롯을 이룬다. 말하자면 '딸 부잣집 이야기'인 셈이다. 맏딸 메그는 차분하면서도 책임감이 있지만 허영심이 많다. 둘째 딸 조는 지나칠 정도로 남성적이고 활달하면서도 재치가 넘친다. 셋째 딸 베스는 조용하고 수줍음을 많이 타지만 헌신적이어서 사람들한테서 늘 귀여움을 받는다. 그리고 가장 귀엽고 사랑스럽지만 멋 부리기를 좋아하고 때로는 화를 잘 내는 막내딸 에이미는 여성으로서 갖추어야 할 미덕과 단점을 동시에 갖고 있다. 메그는 현모양처 스타일이고, 조는 작가 지망생이다. 베스는 피아노 연주에 뛰어난 솜씨를 보이는 예술가 지망생이고, 금발인 에이미는 네 자매 중에서 가장 아름다운 미모를 자랑한다.

이렇게 서로 다른 성격과 외모, 그리고 장래 포부에도 불구하고 네 자매는 경제적으로 어려움을 겪으면서도 헌신적이고 자상한 어머니와 도덕적으로 건실한 아버지의 가르침을 받으며 온갖 어려움을 극복하면서 씩씩하고 당당하게 숙녀로 성장해 간다.

◆ **사실주의 문학 전통과 여성 성장 소설**

올컷은 남북전쟁이 끝나고 몇 해가 지난 뒤에 《작은 아씨들》을 출간했지만 이 작품은 남북전쟁 이전과 전쟁 중의 사건을 다룬다. 미국 문학사에서는 남북전쟁을 분수령으로 그 이전에는 낭만주의 문학이, 그 이후에는 사실주의 문학이 성행하였다. 이 소설은 사실주의 전통에 굳건히 서 있는 작품이면서도 낭만주의에서 완전히 젖을 떼지 못하고 있다.

한편《작은 아씨들》은 십대의 나이 어린 주인공이 여성으로서 성장해가는 과정을 그린 '여성' 성장소설이다. 지금까지 유럽이나 미국에서는 주로 사내아이가 정신적으로 성장해 가는 과정을 그린 '남성' 성장소설이 주류를 이루고 있었다. 예외가 있다면 그보다 20여 년 전에 샬롯 브론테가《제인 에어》를 출간했을 뿐이다.

작가가 제목을 삼고 있는 '작은 아씨들'이라는 표현은 비단 신체적으로 나이가 어린 소녀만을 뜻하지 않는다. 마치 집안의 가장(家長) 로버트 마치는 소녀에서 숙녀로 성장해 가는 과노기의 젊은 여성을 가리키는 말로 이 표현을 사용한다. 다시 말해서 이 말에는 도덕적으로 '훌륭한' 여성이라는 의미가 담겨 있다. 이 소설의 한 장면에서 주인공 조는 "나는 아버지가 나를 부르기 좋아하시는 대로 '작은 아씨'가 되려고 노력할 것이다. 거칠고 제멋대로 굴지 않고, 다른 곳이 아닌 이곳에서 내 의무를 다하고 싶다."라고 말한다.

한편《작은 아씨들》은 한 가정에서 일어나는 일상적 경험을 소재로 삼는다는 점에서 가정소설 장르에 속하기도 한다. 이 작품이 남녀노소 구분 없이 폭넓게 사랑을 받아 온 이유도 가족을 둘러싼 일상 경험을 다루기 때문이다. 올컷은 이 작품에서 온갖 어려움 속에서 진정한 가족의 사랑이 무엇인지 일깨워준다.

《작은 아씨들》은 크게 세 가지 주제를 지닌다. 첫째, 올컷은 19세기 후반 여성의 문제를 다룬다. 이 무렵 미국 사회에서 여성의 권익을 부르짖는 운동이 조금씩 일어나기 시작했지만 아직도 여성은 가부장 질서 속에 갇혀 여러모로 제약을 받았다. 올컷은 마치 집안의 네 작중 인물을 통해 여성이 19세기 사회 규범이나 인습에 어떻게 대처하는지 잘 보여 준다. 첫째, 일부 여성은 메그처럼 일찍 결혼하여 가정을 꾸린다. 둘째, 베스처럼 부모나 직계 가족에게 종속되어 자식으로서의 의무를 다한다. 셋째, 에이미처럼 자신의 예술과 쾌락과 개성에 초점을 맞춘다. 그리고 넷째, 조처럼 가족 구성원으로서의 삶과 전문인으로서의 의미 있는 삶 사이에서 조화롭게 살려고 노력한다. 올컷은 이 네 가지 삶의 방식 중에서 어느 쪽이 가장 바람직한지 판단을 내리지 않는다. 다만 조가 택하는 네 번째 방식이 가장 이상적이라고 생각하는 듯하다.

이 작품이 다루는 두 번째 주제는 노동의 신성함이다. 마치 집안의 딸들은 일상적 활동이나 꿈이나 가족의 유대를 통해 행복을 찾는다. 그러나 그들은 어떤 종류든지 생산적 노동을 하지 않으면 언제나 죄의식을 느끼고 후회한다. 그들이 참다운 행복을 느끼는 것은 오직 생계를 위해서이건 가족의 안녕을 위해서건, 아니면 남에게 봉사하기 위해서건 어떤 일에 종사할 때이다. 이 소설에서 올컷은 노동은 신성한 것이라는 개신교 윤리를 역설한다. 그러나 그녀는 노동의 신성함에 무게를 싣되 노동을 물질적 목적을 위한 수단이 아니라 내면세계의 선을 표현하고 창조성을 표현하기 위한 수단으로 간주했던 것이다.

이 작품의 세 번째 주제는 물질적 풍요보다는 정신적 풍요의 중요성이다. 이 점을 강조하기 위하여 올컷은 마치 집안 딸들을 에이미 모페트니 샐리 기디니 같은 부유한 집안의 젊은 여성들과 서로 대비시킨다. 화려한 옷이나 호화로운 저택 같은 외적 모습보다는 충실한 내적인 자아, 물질적인 것보다는 정신적인 것에 훨씬 무게를 두었다.

◆ **작가 소개**

루이자 메이 올컷은 1832년 11월 펜실베이니아 주의 저먼타운에서 네 자매의 둘째로 태어났다. 아버지인 브론슨 올컷은 철학자요

목사였다. 그 때문에 그의 가족들은 매사추세츠 보스턴 근교 지역을 늘 옮겨 다니며 살아야 했다. 수필가인 랠프 왈도 에머슨과 작가인 헨리 데이비드 소로 그리고 너새니얼 호손의 친구인 아버지는 엄격한 도덕적 분위기에서 자녀를 양육하였다. 그는 목화가 남부의 노예 노동으로 생산되었다고 하여 면으로 지은 옷도 아예 입지 않을 정도였다.

올컷 일가는 에머슨과 소로가 가까이 사는 콩코드의 '웨이사이드' 집에서 살았다. 비록 그들은 이후에도 여러 번 이사를 다녔지만 결국에는 '오처드(과수원) 주택'에 정착했는데, 이곳은 에머슨이 그들을 위해 매입한 곳이다. 루이자 메이 올컷은 이곳에서《작은 아씨들》을 집필하였다. 이 작품 말고도《로즈의 계절》,《치명적 사랑》,《아주 특별한 사랑》등 많은 작품을 남겼다. 올컷은 평생 독신으로 살았으며, 1888년 3월 쉰다섯 살의 나이로 세상을 떠났다.